KB006802

그래도 계속 가라

Originally published in 2006 in the United States by Sterling Publishing Co., Inc.
under the title KEEP GOING.

KEEP GOING by Joseph M. Marshall III
Copyright © 2006 by Joseph M. Marshall III
All rights reserved.

This Korean edition was published by HANG BOOK in 2021 by arrangement with
Sterling Publishing Co., Inc., 33 East 17TH Street, New York, NY 10003, U.S.A.
through KCC(Korea Copyright Center Inc.), Seoul.

이 책은 (주)한국저작권센터(KCC)를 통한 저작권자와의 독점계약으로 도서출판 행북에서 출간되었습니다.
저작권법에 의해 한국 내에서 보호를 받는 저작물이므로 무단전재와 복제를 금합니다.

KEEP

그래도 계속 가라

The Art of Perseverance

GOING

조셉 M. 마셜 지음
유향란 옮김

행;북

Let everything happen to you:
Beauty and terror.
Just keep going.
No feeling is final.

아름다움도 두려움도 모두 일어나게 놔두어라.
그래도 계속 가라. 어떤 감정도 끝이 아니다.

_라이너 마리아 릴케

한 젊은이가 그의 할아버지에게 물었다.

삶이 왜 이렇게 힘드냐고.

할아버지가 대답했다.

할아버지께서 말씀하시네.

"살다 보면 기쁜 일만큼이나 슬픈 일도 있고, 이길 때가 있으면
질 때도 있고, 일어서는 것만큼 넘어지는 경우도 허다하단다. 어
디 그뿐이겠니? 배부를 때가 있으면 배고플 때도 있는 법이고,
좋은 일과 마찬가지로 나쁜 일도 일어나게 마련이지. 너를 절망
에 빠트리려고 이런 말을 하는 게 아니란다. 인생이란 때로는 양
지를 걷는가 하면, 때로는 음지도 걸어야 하는 여행이라는 사실
을 너도 공감했으면 좋겠구나."

할아버지께서 말씀하시네.

"네가 낳아달라고 부탁하지 않았는데도, 너는 지금 여기에 이렇게 살고 있단다. 네게는 장점만이 아니라 약점도 있단다. 그럴 수밖에 없는 것이 인생에 있어서는 모든 것이 다 양쪽을 지니고 있게 마련이거든. 네 안에는 기꺼이 실패하고자 하는 마음과 더불어 성공하고자 하는 의지도 함께 들어 있단다. 네 안에는 오만을 부리려고 하는 편협함만이 아니라 연민의 정을 느끼는 따뜻한 심장도 들어 있단다. 네 안에는 삶을 외면하려 드는 두려움과 마찬가지로 삶을 용감하게 맞서고자 하는 용기도 함께 자리하고 있단다."

할아버지께서 말씀하시네.

"인생은 너를 더욱 강인하게 만들어 줄 거야. 강인함이란 삶의 폭풍에 용감하게 맞서고, 실패가 무엇인지 알고, 슬픔과 고통을 느끼고, 비탄의 구렁텅이에 빠져보고 나서야 얻을 수 있단다. 너는 폭풍 속에서도 일어서야 한단다. 바람과 추위와 어둠에 용감하게 맞서야 해. 폭풍이 부는 이유는 너를 쓰러뜨리려는 것이 아니라 사실은 네게 강해져야 한다는 가르침을 주려는 거야."

할아버지께서 말씀하시네.

"강하다는 것은 네가 얼마나 지쳐 있든 간에 산꼭대기를 향해 한 걸음 더 내디딘다는 뜻이란다. 강하다는 것은 비통해하면서 눈물이 흐르도록 내버려 둔다는 것이며, 비록 사방이 온통 캄캄한 절망으로 둘러싸여 있다 해도 계속해서 해결책을 찾는다는 뜻이란다. 강하다는 것은 다시 한 번 심장이 고동치기를, 다시 한 번 태양이 떠오르기를 간절히 바란다는 뜻이지. 너의 한 걸음 한 걸음이 산꼭대기로, 다음 해돋이의 광명으로, 새로운 날에 대한 약속으로 이끄는 것이란다."

한아버지께서 말씀하시네.
"산꼭대기를 향해, 해돋이를 향해, 희망을 향해 내디딘 가장 연약한 한 걸음이 가장 맹렬한 폭풍보다 훨씬 강하단다."

할아버지께서 말씀하시네.
"그래도 계속 가라."

차례

사는 게 왜 이렇게 힘들죠?

몇 해 전, 제레미Jeremy라는 젊은이는 아버지가 암에 걸렸
다는 사실을 알게 되었다. 의사는 그의 가족에게 암이 한참
진행된 상태라고 통보했다. 그럼에도 절망적인 상황에 처한
사람들이 그러듯이 제레미와 가족은 기적이 일어나기를 바
라며 열심히 기도했다.

의사들도 나름 최선을 다했다. 하지만 수술과 이후에 이
어진 항암 치료는 이미 나빠진 상태를 더욱 악화시키는 것
처럼 보일 뿐이었다. 제레미는 병세가 급속도로 악화되어
야위고 쇠약해진 아버지의 모습을 그저 속수무책으로 지켜
보는 것 외에는 할 수 있는 게 없었다. 가족이 그토록 필사
적으로 간구했던 기적은 일어나지 않았다.

어느 서늘한 봄날 밤, 제레미의 아버지는 저승을 향한 여행길에 올랐다. 제레미는 그 후 몇 달 동안 슬픔과 혼란, 분노의 소용돌이 속을 헤매면서 괴로워했다. 삶과 죽음에 관한 의문이 그를 놓아주지 않았다.

역사 교사인 제레미는 일 년 중 아홉 달을 학교에서 보냈다. 학생들을 가르치고, 수업 교육안을 짜고, 아이들의 숙제를 읽고 교정해 주는 데 시간과 열정을 쏟았다. 무엇보다 시대에 뒤떨어진 교과서를 교체하는 일에는 심드렁하면서도 'i' 자에 점을 찍거나 't' 자의 가로획 긋는 일을 더 중시하는 교장을 상대하는 일이 많은 비중을 차지했다. 대신 학기 중에는 시간에 쫓겨 할 수 없었던 독서나 소프트볼 경기를 하면서 여름방학을 즐기곤 했다.

교사로서 수업 교육안도 충분히 쓸 만큼 써 보았고, 산더미처럼 쌓인 숙제들도 읽을 만큼 읽어 보았다. 또 예나 지금이나 한결같이 역사 수업에 흥미를 잃은 학생들의 마음을 잡아끄는 일도 그럭저럭 잘 해냈다. 한편으로는 인간의 완고함과 편협함이라는 도전에 맞서서 교장과 지적인 논쟁을 벌이기를 종종 기대해 왔다.

하지만 삶과 죽음의 문제에 관한 해답은 쉽게 얻어지지

않는다는 사실을 젊은 제레미도 알고 있었다. 분명하게 알고 있는 사실은 한 가지였다. 올바른 해답을 찾을 수 있을 만큼 자신이 오래 살지 않았다는 것.

이 문제로 고민하던 제레미는 할아버지를 찾아갔다. 그에게는 언제나 모든 해답을 지닌 것처럼 보였기 때문이다. 할아버지는 친구들로부터 늙은 매Old Hawk라고 불리긴 하지만, 가족에게는 그냥 할아버지일 뿐이었다.

여든을 훌쩍 넘긴 늙은 매는 평생 태어난 곳에서 600킬로미터 이상 떨어진 곳은 그 어디도 여행한 적이 없었다. 하지만 그런 건 아무런 상관이 없었다. 늙은 매 그 자신도 잘 알다시피 인생 자체가 엄청난 여행이기 때문이다.

늙은 매는 삶이라는 여정은 얼마나 많은 산을 오르고 많은 국경을 넘었느냐보다 경험으로나 정서적·정신적으로 훨씬 더 중요한 가르침을 준다는 사실을 알고 있었다. 그 여정은 그동안 굽이치며 지나온 수많은 갈림길이나 앞에서 우리를 기다리는 지평선보다 훨씬 중요한 것들이었다.

또 가장 소중하고 영원한 교훈은 비좁고 캄캄한 데다 구불구불하고 멀리 돌아가야 하고 도전과 장애로 가득 찬 힘든 여정을 통해서 얻어진다는 사실도 잘 알고 있었다. 편안하게 여행할 수 있는 길에는 아무런 수고도 필요 없기 때문에 성취감 또한 느낄 수 없다. 무슨 일이든 쉽게 얻어진 것으로부터 가치 있는 것을 찾기란 어려운 법이다.

늙은 매는 이렇다 할 만한 정규 교육을 받아본 적이 없었고, 웬만큼 영어를 할 줄 알지만 익숙한 부족어를 더 즐겨 썼다. 머리는 하얗게 세고 얼굴에는 삶의 풍파가 고스란히 드러나 있었는데, 짙은 갈색 피부가 그의 출신을 증명해 주었다. 평생 험한 일을 하면서 살아온 까닭에 손은 구부러지고 흉터가 더러 있긴 했지만, 여전히 튼튼함을 자랑했다.

할아버지는 평생 땅을 파고 씨앗을 뿌리면서 살아온 농부이지만, 노련한 말 조련사이자 사냥꾼이요, 손수 집을 지을 줄 아는 목수木手이기도 했다. 울타리를 만들기 위해 헤아릴 수 없을 만큼 많은 말뚝 구멍을 파고, 기억나지 않을 정도로 숱한 기둥을 땅바닥에 세웠다고 했다.

그는 실망과 비탄과 슬픔을 구분할 뿐만 아니라 일이 제대로 되었을 때의 만족감만큼이나 실패의 쓰라림도 체득해 알았다. 또 유혹과 조롱 앞에서도 자신의 신념과 원칙을 고수하겠다고 결심할 줄 아는 사람이었다. 따지고 보면 할아버지는 여러 면에서 대개의 남자들과 어슷비슷했다. 그렇지만 손자에게는 늙은 매가 자신의 할아버지이기에 다른 사람들보다 특별해 보였다.

할아버지에게는 젊은 손자를 끌어당기는 두 가지 특징이 있었다. 어떤 상황에서도 한결같은 평온한 태도와 대상을 바라보는 흔들림 없는 눈길이 바로 그것이다.

손자는 성장기의 대부분을 조부모와 함께 보냈는데, 어릴 때 할아버지가 화를 내거나 언성을 높이는 것을 본 기억이 단 한 번도 없었다. 어떤 문제, 어떤 위기, 어떤 상황 속에서도 할아버지는 늘 평온하면서도 단호한 태도를 잃지 않았다. 그 때문인지 몰라도 할아버지의 눈빛에는 늘 깊고 잔잔한 연못의 고요함 같은 평화로움이 담겨 있었다.

어느 날 손자는 세상 고통은 혼자 다 짊어지기라도 한 양 슬픔과 혼란에 빠진 채 할아버지를 찾아갔다. 노인은 손자를 늙은 사시나무 그늘 아래로 데려갔고, 두 사람은 거기에 앉아 나뭇잎 사이로 산들바람이 스쳐가면서 부드럽게 바스락거리는 소리를 듣고 있었다.

"나는 어렸을 때부터 사시나무 이파리가 바람결에 바스락거리는 소리만 들리면 이상하게도 어머니의 목소리가 떠오르더구나."

늙은 매가 말문을 열었다.

"그런데 어쩐지 그게 신의 음성이었을 수도 있다는 생각이 들었거든."

손자는 얼마 동안 그 소리에 귀를 기울여 보았지만, 그의 귀에는 나뭇잎 바스락거리는 소리밖에 들리지 않았다.

"그런데 얘야."

노인이 말을 이었다.

"얼굴을 보니 고민이 있는 것 같구나. 무엇이 네 마음을 갉아먹고 있니?"

이 말에 손자가 할아버지에게 질문을 던졌다. 단어와 표현만 달랐을 뿐, 전에도 여러 차례 던졌던 질문이었다. 다만 그 질문이 분노와 혼란으로부터 왔다는 사실은 늘 변함이 없었다.

"할아버지, 사는 게 왜 이렇게 힘들죠?"

1장

삶이라는
긴
여정에서

"

삶이 네 여정 한복판에 역경을 가져다 놓았다면

너는 그것으로부터 강인함을 배울 기회를 얻게 된 거야.

그것이야말로 눈에 보이지 않는 선물이지.

삶은 그저 삶일 뿐이야. 원래 생긴 대로지.

네가 있든 말든 삶은 그저 계속된다는 점만 빼면

인생에서 확실한 건 아무것도 없단다.

"

늙은 매는 바스락거리는 나뭇잎인지 그 너머인지 올려다보면서 그것의 경쾌한 노랫소리에 다시 한 번 귀를 기울였다가 손자에게 시선을 돌렸다.

"이제 나는 많이 늙었고 인생에서 중요한 일들도 많이 봤다만, 과연 너를 만족시킬 만한 대답을 하나라도 해줄 수 있을지 모르겠구나. 내가 보기에는, 네가 찾아내 주기를 기다리는 대답들이 사방에 널려 있는 것 같은데…. 아무튼 나도 이것만은 분명히 알고 있다. 인생이란 결코 만만치 않다는 사실 말이야. 원래 그런 것이기 때문에 우리가 어찌 바꿔 볼 도리가 없단다. 우리가 기껏 할 수 있는 일이라곤 그걸 이해하려고 노력하는 것뿐이야."

젊은 손자는 그 대답을 듣고 실망하지 않았다. 할아버지 나름대로 필요한 대답을 제시하는 방식이 있다는 걸 알기 때문이다.

"그걸 어떻게 확신할 수 있으세요?"

손자가 물었다.

"때때로 살면서 겪어야 할 큰일이나 고통을 이해하려고 애쓰기보다 차라리 그냥 받아들이는 게 더 쉬울 것 같다는 생각이 들었다. 이런 사실을 깨닫게 된 건 이른바 인생이라는 기나긴 여정을 여행해 온 덕분이겠지."

노인은 설명을 이어갔다.

"넌 이제 막 출발하려는 참인데, 처음 시작할 때는 다들 아무것도 모르는 게 정상이잖니? 그래도 마지막쯤 되면 다들 건질 만한 경험들을 갖게 되지. 내 경험에 의하면, 인생은 그것을 그냥 받아들이는 것 이상의 무언가가 있더구나."

"그렇지만 할아버지도 인생에 대해 아직 의문을 품고 계시잖아요?"

젊은 손자가 재차 반문했다.

"요즈음 제가 한 일이라곤 그것밖에 없어요. 그래서 제가 정말로 묻고 싶은 게 뭔지 생각해 봤어요. 왜 안 좋은 일이 일어나는 걸까요? 할아버지는 젊었을 때 그런 질문을 해 보신 적 없으세요?"

"물론 있지. 그래서 아버지와 할아버지에게 여쭈어 보았단다."

"그분들은 뭐라고 하시던가요?"

젊은이는 그 대답이 듣고 싶었다.

"할아버지께서 저와 같은 질문을 하셨을 때 고조할아버지는 뭐라고 하시던가요?"

"그분은 내 앞에 놓인 여행, 즉 앞으로 내 인생이 될 여행을 하라고 말씀하셨다. 그것이야말로 내가 해답을 얻을 수 있는 유일한 방법이라고 하셨지."

늙은 매가 잠시 말을 멈추자 젊은이는 이어질 대화를 애타게 기다리면서 저도 모르게 몸을 앞으로 기울였다. 그러다가 머리 위 나뭇잎들이 좀 더 큰 소리를 내며 바스락거리는 것을 깨달았다.

"할아버지는 이렇게 말씀하셨지…."

이윽고 늙은 매의 이야기가 시작되었다.

인생은
공평하다

"살다 보면 기쁜 일만큼 슬픈 일도 있고, 이 길 때가 있으면 질 때도 있고, 일어서는 것만큼 넘어지는 경우도 허다하단다. 어디 그뿐이겠니? 배부를 때가 있으면 배고플 때도 있는 법이고, 좋은 일과 마찬가지로 나쁜 일 일어나게 마련이지. 너를 절망에 빠트리려고 이런 말을 하는 게 아니라 네게 진실을 깨우쳐 주기 위해서 하는 거란다."

중요한 말을 꺼내려고 할 때면 늙은 매는 버릇처럼 손바닥을 마주대고 문지르기 시작했다. 그것은 제레미가 어릴 때부터 알고 있었던 동작이다. 그 뒤를 이어서 종종 가혹하고 감당하기 힘든 진실이 등장하는 경우도 많았지만, 어쨌거나 그 끝에는 안도감을 느낄 수 있었다.

그런데 늙은 매는 자신이 인정하는 것보다 영어를 잘할 수 있음에도 손자에게 두고두고 기억되는 인상을 심어 주고 싶을 때면 항상 부족어를 의지했다. 부족어로 말할 때는 말하고자 하는 바를 보다 명료하게 표현했을 뿐 아니라 달변이 되기도 했다.

늙은 매의 이야기가 시작되었다.

"인생에는 두 가지 얼굴이 있는데, 어느 쪽도 다른 쪽에 비해 덜 현실적이라고 말할 수 없단다.

만일 모든 것이 늘 똑같기만 하다면 다양성도, 흥분도, 조화도 있을 턱이 없겠지. 하얀색을 상쇄시킬 검은색도 없고, 일출과 함께 시작된 하루를 마감해 줄 일몰도 없고, 차가움을 물리칠 따뜻함도 없을 테지. 그런데 이렇게 살아가는 가운데 너의 여행을 조화롭게 해 주던 것들이 때로는 어려움을 가져오기도 한단다. 하지만 결국에는 우리가 흔히 만날 수 없는 선물도 가져다주지. 인생이란 꼭 슬픈 것만은 아니란다."

늙은 매가 말을 이었다.

"그렇지만 슬픔이 없다면 기쁨을 갈망하지 않을 것이고, 기쁨을 찾으려고 애를 쓰거나 기쁜 일이 닥쳤을 때 그것을 소중하게 여기지 않을 수도 있지. 한편 기쁨이나 슬픔이 늘 우리와 함께 있지 않다는 것도 알아야 해. 게다가 기쁨과 슬픔 중 한 가지가 얼마나 자주 우리 여행의 동반자가 되느냐 하는 것 또한 우리가 조정할 수 없고…. 모두가 슬픔보다는 기쁨을 바랄 테니 슬픔을 원하는 사람은 찾아보기 힘든 게 아닐까?"

"절대로 두 번 다시 슬픈 일을 겪지 않는다면 행복할 것 같아요. 그러기를 바라는 사람이 제가 처음도 아니고 마지막도 아닐 거라는 건 잘 알아요."

"맞는 말이다. 예나 지금이나 모든 사람이 그러기를 바라고 있지. 아마 슬픈 일이 닥치리라는 걸 알기 때문에 그럴 거다."

노인의 대답이었다.

"어쩌면 슬픔이라는 현실을 인정하면서도 다른 한편으로는 그걸 거부하고 있는 셈이지. 오늘 태양이 찬란하게 빛난다고 해서 그것 때문에 내일 날이 흐리거나 비가 오지 않는다고 할 수 없는 것처럼…."

"그러니까 기쁨이라는 현실이 슬픔이라는 다른 현실을 몰아낼 수 없다는 말씀이군요."

젊은이는 결론을 내렸다.

"다들 그건 잘 알고 있을 거예요."

"오히려 사람들이 흔히 잊어버리기 쉬운 아주 단순한 사실이지."

늙은 매가 덧붙여 설명했다.

"하나의 현실이 다른 현실을 가릴 순 있어도 없애버릴 수는 없는 법이란다. 결국 우리가 얻을 수 있는 결론은 한쪽 사실이 다른 사실의 특성을 좀 더 분명하게 드러낸다는 점이 아닐까?"

"져 봐야 이기는 것에 대해 감사할 줄 아는 것과 같군요."

"물론이지. 지는 일이 없다면 이기는 게 대체 무슨 소용이 있겠니?"

늙은 매가 미소를 지으며 담배쌈지와 담배 싸는 종이 뭉치를 셔츠 주머니에서 꺼냈다. 그러더니 잠깐 사이에 잘 말린 붉은 버드나무 속껍질을 빻아서 만든 담배를 능숙하게 말았다. 요즘은 붉은 버드나무 속껍질로 담배를 말 줄 아는 사람이 거의 없고, 아는 사람조차 드물다. 늙은 매는 그런 사람이었다. 다른 사람들이 오래전에 잊어버린 구닥다리 물건이나 번거로운 방식을 지금도 잊지 않고 있었다.

담배에 불을 붙여 한 모금 길게 빨아들이더니 눈을 가느스름하게 뜬 채 초원 너머를 바라보면서 천천히 연기를 뿜어냈다. 이어 마치 넓은 붓질로 한 번에 지평선을 쭉 그리는 것처럼 손을 뻗어 천천히 움직였다.

"내가 소싯적에 이 지역에 살던 마지막 늑대가 사냥꾼의 손에 죽었단다. 그런데 이 땅에 새로 온 사람들백인은 늑대에 대한 두려움도 함께 가지고 왔더구나. 그 사람들은 늑대가 상대를 죽이기 좋아하고, 또 잘 죽이기 때문에 마지막 늑대를 해치운 걸 성공이라고 생각했지. 아직도 그렇게 생각하고 있을 거야. 그들에게 늑대란 그저 흉악한 놈일 뿐이고, 따라서 죽여 버려야 하는 짐승이었단다. 그런데 그들은 늑대가 죽이는 데 성공한 경우보다 실패한 때가 더 많다는 사실을 모르더구나. 먹잇감이 도망치는 바람에 늑대는 십중팔구 배를 곯아야 했지. 그러다가 겨우 열 번째쯤에서야 겨우 성공하고 허기를 달랠 수 있었어. 늑대가 죽이기를 좋아한다고 생각했던 게 사실은 끈질긴 인내였던 거야. 그것이 그 녀석의 성공 비결이기도 하고…. 그놈은 절대로 포기하지 않았거든."

그 대목에서 젊은이가 끼어들었다.

"늑대가 포기할 수 없었던 이유는, 그들 세계에서는 성공이란 자기 식구의 생존을 의미하고, 실패하면 굶주림과 죽음으로 이어질 수 있기 때문이 아닐까요? 하지만 사람에겐 실패했다고 해서 반드시 그렇게 지독한 재앙이 따라오는 건 아니잖아요?"

늙은 매는 천천히 고개를 끄덕였다.

"그래. 실패한다고 해서 죽음보다 더 지독한 재앙이 닥치는 일은 별로 없을 거야. 두 발로 걷는 인간들에게 실패가 늘 그렇게 가혹한 것만은 아니지. 하지만 실패는 사기를 저하시키고 노력해 보려는 열정마저 꺾어 버릴 수 있단다. 우리도 늑대와 마찬가지로 몇 번을 실패하든 포기하지 않고 끝까지 성공을 추구하다 보면 결국 좋은 결과를 얻을 수 있을 거야. 늑대가 일찌감치 깨달은 것처럼 성공으로 얻게 되는 여러 보상 가운데 두 가지가 제일 중요해. 성공이 실패를 덮어 줄 뿐만 아니라 용기를 북돋워 준다는 점이지. 바로 그런 법이야."

노인은 담배 한 모금을 깊이 들이키고는 발꿈치로 비벼서 껐다. 그러더니 한참 동안 벌판 너머를 응시했다. 젊은이가 막 조바심을 치기 시작하려는 순간, 노인이 손자를 향해 고개를 돌렸다.

"넘어지지 않고서야 언제 일어서야 할지를 어떻게 알 수 있을까?"

이어서 물었다.

"굶주려 보지 않고서야 어떻게 풍요로움에 대해 감사할

수 있을까? 악이 없는데 어떻게 선을 판단할 수 있을까? 죽음이라는 결말이 없다면 어떻게 삶에 대해 감사할 수 있을까?"

마지막 질문에 젊은이는 가슴 한켠에 송곳으로 찌르는 듯한 슬픔을 느꼈다. 흐느낌을 억누르고 눈물을 삼키기 위해 심호흡을 했다.

"네 아비는 우리 곁을 떠났다."

늙은 매가 부드럽게 말을 이었다.

"병으로 앓던 끝에 죽음이 찾아왔기 때문이지. 네가 만일 아비의 죽음을 둘러싼 상황을 깊이 생각해 본다면 그가 어떻게 살았는지도 함께 떠올려 보렴. 그것이 슬픔이든, 배고픔이든, 가난이든, 질병이든, 아니면 죽음이든 간에…. 아무튼 어려운 일을 자신의 삶 속으로 초대하기 때문에 일어나는 경우란 좀처럼 없는 법이야.

그럼에도 삶이 너의 여정 한복판에 역경을 가져다 놓는다면 반드시 그것으로부터 강인함을 배울 기회를 얻게 될 거야. 그것이야말로 눈에 보이지 않는 선물이란다. 물론 힘겨운 시간과 슬픔을 선물로 생각한다는 게 그리 쉽지 않다는 것 알아. 그래도 그것을 헤쳐 나가다 보면 한 번에 한 순간씩, 한 번에 하루씩 선물로 만들어 갈 수 있지 않을까? 그런 순간과 하루하루를 거친 끝에 결국 너는 강인해질 거야….
그것이 네가 받을 선물이란다."

늙은 매는 손자의 얼굴을 주의 깊게 살폈다. 그리고 손자
의 눈에서 혼란에 빠진 한 영혼을 보게 되었다. 거기에는 깊
은 생각에 잠긴 영혼의 모습도 담겨 있었다. 노인은 여느 때
와 다름없는 참을성으로 침묵을 지켰다. 마침내 젊은이가
한숨을 내쉬며 말문을 열었다.

"할아버지, 슬픔과 실패에 대해 사람들이 보이는 첫 번째
반응은 거부라고 알고 있었어요. 저 역시 그런 것 같고요."

노인이 고개를 끄덕였다.

"그래. 하지만 안 좋은 일은 우리가 거부하든 말든 오게
마련이야. 좋은 시절, 편안한 길, 행복, 그 밖에 우리가 경험
하는 모든 긍정적인 일들은 단지 현실의 일부에 불과하단
다. 부정적인 일들, 나쁜 시기, 어려움 또한 항상 있게 마련
인 거고.

실제로 언제나 태양이 빛나는 건 아니잖니? 부드러운 산
들바람이 졸지에 폭풍으로 바뀔 수 있고, 비가 너무 많이 와
서 홍수가 나거나 태양이 지나치게 내리쬐는 바람에 가뭄
이 들 수도 있잖니? 삶은 그저 삶일 뿐이야. 원래 생긴 그대
로지. 네가 있든 말든 그냥 계속될 거라는 사실만 빼면 인생

에서 확실한 건 아무것도 없단다. 태양은 날마다 새로 뜨고 또 지겠지. 구름이 시야를 가리는 바람에 해가 뜨고 지는 것을 볼 수 없다 해도 어쨌든 매일 그럴 거야. 계절 또한 그 누구도, 어떤 것도 기다려 주지 않고 정확하게 제 주기를 따라 순환하고 있는 것처럼 말이야.

계절이 모여 해*가 되고, 해가 다시 모여 세대가 되는 법이다. 네가 거기에 합류하기를 기다려 주거나 신경 쓰지도 않고, 네가 합류하기로 작정했을 경우 절대로 거부하지도 않는단다. 그것들은 그저 가고 있을 뿐이고, 너 또한 네 삶의 여정이 기다리고 있으므로 그렇게 하면 된단다. 그 여행을 하다 보면 현실과의 조화가 어떤 의미인지 너도 분명 터득하게 될 거야."

"현실과의 조화라고요?"

"그래. 진실이 있으면 거짓이 있고, 너그러움이 있으면…."

"탐욕이 있지요."

손자가 말을 받았다. 늙은 매의 미소가 반짝였다.

"미움이 있으면?"

"사랑이 있고."

손자가 또 뒤를 이었다.

"전쟁이 있으면?"

"평화가 있지요."

"절망이 있으면?"

"희망이 있고."

"애통함이 있으면?"

"위로가 있겠죠."

"패배가 있으면?"

"승리가 있고."

"피곤함이 있으면?"

"휴식이 있고."

"죽음이 있으면?"

"탄생이 있지요."

늙은 매는 고개를 끄덕였다.

"네 삶에서 나쁜 일이 일어나지 않기를 바라고 또 종종 기도하는 건 아주 자연스러운 일이야. 그런데 그런 바람이나 기도에 대한 응답이 네가 바라거나 기도하기도 전에 이미 네게 주어졌다는 사실을 기억해야 해. 미움을 극복할 사랑이 있고, 너그러움이 탐욕을 줄일 수 있으며, 바람이 홍수를 말려 주거나 비가 가뭄을 끝내 주는 것과 같은 이치로 진실이 거짓을 드러낼 수 있는 법이지.

그것이 인생이지. 본래 생긴 그대로인…."

손자의 시선이 할아버지를 스쳐서 지평선까지 뻗어 있는 광활한 초원에 머물렀다. 잠시 후 손자는 한숨을 쉬면서 고개를 끄덕였다.

두려움을
극복하는 삶

"인생이란 때로는 양지를 걷는가 하면, 때로
는 음지도 걸어야 하는 여행이야."

"그런데 왜 이제까지 저는 한 번도 할아버지가 두려워하
는 모습을 본 적이 없을까요?"

제레미가 다시 말을 꺼냈다.

"네가 주의 깊게 보지 않아서 그래. 살아오면서 두려운 적
이 무척 많았단다. 지금도 무서운 게 하나 있는 걸. 네 할머
니를 잃을까 봐 정말 겁이 난다."

손자는 그 말이 놀랍게 들렸다. 할아버지가 두려움을 당
신 입으로 시인하는 걸 들은 적이 단 한 번도 없었기 때문
이다. 그런데 지금 이렇게 대놓고 두려움을 인정하다니….

"저도 두려움이라는 걸 담담하게 받아들일 수 있었으면
좋겠어요."

손자가 속마음을 털어놓았다.

"나이가 들면서 여러 가지 일이 일어나는 법이지."

늙은 매가 손자의 말을 수긍했다.

"이제 네 할머니와 나는 늙었다. 우리 두 사람은 대부분의 일생을 함께 지내왔지. 만일 네 할머니가 먼저 죽기라도 한다면 나는 어찌 할 바를 모르게 될 것 같구나.

사람들은 모두 무언가를 두려워하고 있어. 그렇다고 해서 날마다 살아가는 일을 멈추는 건 아니잖니? 우리가 양지에 있는 동안 늘 음지를 두려워하면서 걷는 것도 아닌 것처럼 말이야. 역경과 고난의 시간이 언제 어떤 식으로 닥칠지 모르는 건 분명해. 다만 그것이 오게 된다는 걸 인정한다면 실제로 그런 일이 닥쳤을 때 한결 쉽게 맞설 수 있지 않을까?

그리고 그늘을 만드는 것은 그 어떤 걸 막론하고 빛의 근원보다는 작게 마련이라는 사실을 항상 기억하렴."

젊은이는 바스락거리는 사시나무 이파리 위로 태양을 올려다보았다. 나무는 엄청나게 컸지만 태양과 비교하면 말할 수 없이 미미한 존재였다.

"만일 태양을 선善에 비유한다면 좋은 것이 나쁜 것보다 더 막강하다고 할 수 있을까요?"

늙은 매가 이마에 손을 얹어 햇빛을 가리면서 나무들 사이로 위를 쳐다보았다.

"종종 그렇기도 하고, 또 그럴 수도 있지. 그런데 정작 중요한 점은 사람들이 항상 음지를 피할 순 없다는 사실이야. 내가 젊었을 때 아버지가 햇빛과 그늘에 관한 이야기를 하나 들려주셨단다. 두 사람의 여행자에 대한 이야기였지."

남자 둘이 태양이 눈부시게 빛나는 지방을 이곳저곳 여행하고 있을 때였단다. 한 사람은 나무 조각가였고 다른 사람은 율법을 낭독하는 사람이었는데, 둘은 아주 즐거운 여행을 즐기고 있었어. 길은 평탄했고, 밤을 보내야 하는 곳에는 으레 여관이 있었지. 경찰과 군인들이 도로 곳곳을 지키고 있었기에 두 사람은 도둑이나 다른 어떤 해코지로부터 안전하다는 사실을 알고 있었단다. 물론 이런 사실들이 그저 고마울 따름이지만 대신에 흥분하거나 도전할 만한 일도 없었어.

며칠 후 길은 큰 나무로 빽빽하게 우거져서 몹시 어두컴컴한 숲으로 이어졌지. 그러자 율법 낭독자가 숲의 가장자리에 멈춰 서더니 한 발자국도 떼지 않으려고 하는 거야.

"숲속으로 들어가야 되네. 그것도 여행의 일부 아닌가?"

나무 조각가가 강하게 주장했어.

"난 어두운 그늘이 싫네. 저 어둠 속에 무엇이 숨어 있을지 모르지 않나? 도둑놈이 우릴 덮칠 준비를 하고 있을 수도 있고, 무시무시한 야생 짐승이 숨어 있을 수도 있잖나?"

율법 낭독자의 대답이었어.

"맞아. 숲은 여러 가지 일들이 벌어지는 곳이지. 다른 여행자가 있을 수도 있고, 우리가 모르는 위험한 일들이 도사리고 있을지도 몰라. 아무튼 이 그늘 속으로 들어가기 전에는 아무도 모른다네. 하지만 이 안에 가장 위험한 것이 들어 있다는 사실만큼은 나도 잘 알아."

겁이 난 율법 낭독자가 뒷걸음질을 쳤단다.

"도대체 무슨 말인가? 도둑이나 야생 짐승보다 더 위험한 게 뭐가 있다는 건가?"

"자네의 두려움이지!"

나무 조각가는 숲으로 들어가면서 율법 낭독자에게 이렇게 대답했다는구나.

그는 숲의 어둠 속으로 깊숙하게 걸어 들어갔단다. 거기서 강도질할 대상을 찾고 있던 떼강도로부터 몸을 숨긴 적도 여러 번이었고, 성난 곰을 피해 나무 위로 기어오르기도 했어. 숲 건너편에 도착하기 전에 물을 찾아 오솔길을 벗어 났다가 길을 잃어버린 적도 있었지. 하지만 용케 다시 오솔길을 찾아낸 끝에 여러 날이 지난 다음, 마침내 숲의 반대편으로 나와서 다시 빛나는 태양을 맞이할 수 있었어.

그동안 율법 낭독자는 어두운 그늘이 두려운 나머지 숲의 가장자리에 그냥 머물러 있었다더군.

"그 후에 율법 낭독자는 어떻게 됐나요? 그냥 숲의 가장 자리에 머물러 있었나요?"

"네 생각은 어떠니?"

늙은 매가 되물었다.

"음…. 때때로 사람들은 자기 스스로 그늘을 만드는 것 같아요."

손자의 추론이 시작되었다.

"율법 낭독자는 자기 두려움 때문에 자신이 실제보다 숲을 더 어둡게 생각했다는 사실을 절대로 깨닫지 못했을 것 같아요. 그렇다면 나무 조각가가 터득한 것도 끝내 깨달을 수 없었을 테고요."

"그럼 나무 조각가는 무엇을 깨달았을까?"

손자는 잠시 생각에 잠겼다.

"때때로 우리는 어둠과 그 어둠이 지닌 것을 견뎌내야 한다는 사실이요. 그렇게 하고 나서야 비로소 빛의 진가를 알게 되겠죠. 반면 숲속으로 들어가지 않은 사람은 그늘도 삶의 일부라는 현실을 받아들이지 않으려고 하지 않을까요?"

젊은이가 내린 결론이었다.

"그렇단다. 게다가 그는 두려움에 굴복한 채 그것에 용감하게 맞서는 경험을 스스로 거부해 버렸지."

노인이 덧붙였다.

"결국 율법 낭독자는 잘못된 교훈을 얻은 셈이지. 하긴 다들 그런 실수를 종종 저지르곤 한단다. 나도 네 할머니 없이 어떻게 살아야 할지를 걱정하기보다 우리에게 남아 있는 시간을 둘이서 잘 보낼 궁리나 해야겠네. 그리고 우리에게 생명을 주신 데 대해 선조들에게 감사를 드려야겠구나."

2장

내
자신을
바라본다는 것

"

여행의 마지막 순간에 네가 어떤 사람이 되어 있을지는

앞으로 여행을 하면서 만들어 가게 된단다.

네가 선택한 서로 다른 길에 의해 네 인생이 완성되어 가는 법이야.

너를 이루어 가는 모습 가운데 네가 한 선택과

그 길이 더해지는 거란다. 네가 어떤 길을 선택하든

여행이란 반드시 끝나기 마련이지.

"

늙은 매가 다시 한 번 침묵에 빠졌고, 이번에는 이전보다 조금 더 길었다. 제레미는 할아버지의 이런 버릇에 익숙해져 있었다. 대부분의 노인들은 자신이 하고 싶은 말을 할 때 나름대로 침묵을 이용할 줄 알았다. 손자는 침묵이 끝나기를 잔잔히 기다렸다.

나뭇잎은 여전히 바스락거렸고, 산들바람이 키가 큰 풀 사이를 휘젓고 다녔다. 잠시 후 매 한 마리가 사시나무의 저만치 위를 빙글빙글 맴도는 것을 보고 노인은 그것을 가리켰다. 두 사람은 매가 서쪽을 향해 미끄러지듯 활강하다가 마침내 작은 점이 되어 지평선 너머로 사라지는 것을 지켜보았다.

손자가 한숨을 쉬면서 중얼거렸다.

"네가 어디로 가고 있는지 알고 있다는 게 정말 부럽구나.

적어도 대부분의 시간은….”

“음…. 너와 저 매는 공통점이 참 많구나.”

할아버지가 말을 이어받았고, 손자는 다시 한 번 조용히 기다렸다.

“무엇이 저 매를 끌어당기고 있을까?”

늙은 매가 다시 물었다.

“자신을 데리고 가는 바람을 타고 있을까? 아니면 자기 의지가 이끄는 대로 가고 있을까?”

“아마 매가 날아가고 싶어 하는 방향으로 바람이 불고 있겠죠.”

늙은 매가 미소를 지었다.

“삶이란 바람과 같은 거란다.”

있는 그대로의 삶

"네가 낳아달라고 부탁하지 않았는데도, 너는 지금 여기에 이렇게 살고 있단다."

"만일 바람이 자신을 어디로 데려가든 개의치 않는다면, 저 매는 자신을 위한 선택을 바람에게 맡겨 두는 셈이지."

늙은 매의 설명이 이어졌다.

"하지만 네 말대로 매가 가고 싶어 하는 방향으로 바람이 불고 있다면 이번에는 매가 선택하고 있다고 봐야지. 그게 바로 너와 매의 공통점이란다. 너희 둘 다 자신의 선택에 따라야 한다는 거야."

"그건 그렇다 해도 다른 사람의 행동이 나에게 영향을 줄 수 있는 경우에는 내가 마음먹은 대로 그걸 제어할 수 있는 게 아니잖아요?"

"맞는 말이다. 온통 선택으로 가득 찬 이 여행에서 너는 네 부모가 선택한 결과로 너의 삶을 시작했지. 그러니 언제 어디서 이 세상에 태어났는가는 절대로 바꿀 수 없는 사실이야. 네 여행의 시작이 과거라는 단단한 돌에 새겨져 있다고 봐야지. 그러니 '…했더라면 지금은 달라질 수 있었을 텐데'라는 쓸데없는 생각을 하느라 시간과 노력을 낭비해서는 안 되는 거야.

네가 어떤 사람인지는 너를 이 여행으로 내보낸 선조들의 혈통에서 비롯된 것이란다. 그것 역시 바꿀 수 없는 건 마찬가지다. 네가 누구냐고? 진실을 비추는 연못에서 네가 바라보는 바로 그 존재지.

어차피 그걸 바꿀 수 없는 노릇이니 한탄하거나 원망하지 않는 게 지혜로운 태도 아닐까? 또 좀 더 바람직한 선택이라면 그걸 끌어안고 너의 장점으로 바꾸는 것이라 생각되는구나.

여행의 마지막 순간에 네가 어떤 사람이 되어 있을지는 네가 여행하면서 만들어 가게 된단다. 네가 선택하는 서로 다른 길들에 의해 이루어지는 법이지. 너를 이루어가는 모습에 그런 선택과 여정이 더해지는 거야.

기억하렴. 네가 어떤 길을 선택하든지 간에 너의 여행은 늘 완전하게 마련이야. 네 할머니가 즐겨 말하는 선택에 관한 이야기가 하나 있지."

　이제 더이상 자신이 젊다고 말할 수 없는 두 여인이 마주
앉아서 자신들이 살아온 삶에 대해 이야기를 나누었단다.
　첫 번째 여인은 젊어서 결혼해 여러 명의 자녀를 낳고 키
웠지. 그녀와 남편은 집을 장만하고 식구들을 먹여 살리기
위해 열심히 일했단다. 그리고 강가의 골짜기에 있는 집에
서 평생을 살았다고 해. 이 부부는 누구도 멀리 떨어진 곳까
지 여행해 본 적이 없었단다. 세월이 흐르면서 자녀들은 장
성했고, 다시 제 자식들을 낳았어. 하지만 그녀의 남편은 오
랜 세월 동안 힘든 노동에 시달린 나머지 죽고 말았단다.
　반면에 두 번째 여인은 요직을 맡은 관리와 결혼했단다.
남편은 업무 때문에 집에서 아주 멀리 떨어진 곳까지 여행
하는 일이 잦았지. 그녀는 남편과 함께 자주 여행을 하면서
자연환경이나 문화적 배경이 다른 다양한 지역의 온갖 사
람들을 꽤 많이 만났단다. 그녀의 집에는 머나먼 곳에서 가
져온 보물들로 가득 차 있었지만 자식은 없었어. 남편이 자
신의 직업에 방해가 될까 봐 아이들을 원치 않았고, 아내도

그저 묵묵히 따랐던 게지.

서로 이야기를 나누는 동안 두 여인의 마음속에 한 가지 의문이 떠올랐단다. 왜 상황이 달라질 수 없었던 걸까? 다른 삶을 살 수도 있었을 텐데 그러지 못했다는 사실이 두 사람의 마음을 괴롭혔지. 해답을 얻지 못한 두 여인은 지혜롭고 친절하기로 유명한 한 노파를 찾아가기로 했단다.

두 사람은 그들이 살아온 이야기와 다르게 살 수 있었을지도 모르는 삶에 대한 이야기를 노파에게 털어놓았어. 노파는 여인들이 자신들의 삶과 이루었거나 이루지 못한 꿈에 대해 설명하는 것을 들으면서 조금도 놀라지 않았다지. 그리고 두 여인이 이야기를 마치자 벽장 속에서 털실로 짠 두 개의 담요를 꺼냈는데, 똑같이 평범한 회색이었어. 노파가 담요와 함께 온갖 색깔의 실이 감긴 실꾸리와 바늘을 두 사람에게 하나씩 주었단다.

"각자 자기 담요를 꾸며 보시게나."

노파가 내린 숙제였어.

"다 끝나면 내게 가져오시게. 그런 다음에 다시 이야기해 보도록 합시다."

두 여인은 조금 당황스럽긴 했지만 그래도 노파가 시키는 대로 했어. 얼마 후 두 사람이 저마다 자기 담요를 들고

노파에게 갔는데, 둘 다 담요의 한 면 전체를 꾸며서 가지고
온 거야. 노파는 기뻐했지.

"두 양반의 담요 좀 봅시다."

노파가 그것들을 벽에 걸었단다.

"어디, 어디…."

노파가 껄껄거리면서 이렇게 말했단다.

"내가 예상한 그대로구먼. 나는 자기만의 담요를 꾸미라
고 했는데, 두 사람 모두 자신의 삶을 풀어놓았구려."

사실이 그랬어.

첫 번째 여인의 담요에는 그녀의 삶이 담긴 일련의 삽화
가 새겨져 있었지. 먼저 한 쌍의 젊은 부부가 있고, 이어 아
기들과 어린아이들 그리고 그 자녀들이 자라 제각각 아기
를 안고 있는 어른이 되어 있었다는구나. 대지를 경작하는
장면에 이어 추수하는 남편과 아내, 강가 근처 골짜기의 드
넓은 하늘 아래 서 있는 집 등 그녀는 실패에 감긴 온갖 색
실을 골고루 사용했단다. 힘찬 초록색, 밝은 푸른색, 불붙는
듯한 붉은 색, 타오르는 노란색, 달래는 듯한 옅은 자주색에
부드러운 오렌지색까지….

두 번째 여인도 똑같은 색실을 사용했지만, 그녀가 그린
삽화는 다를 수밖에 없었지. 그녀의 담요에는 기차와 배, 황

량한 대지와 높다란 산마루, 커다란 도시들, 그리고 다양한 복장을 한 사람들과 크기와 생김새가 서로 다른 동물들의 그림이 그려져 있었지.

"임자들은 내게 와서 자신들의 삶이 달라질 수 있지 않았을까를 물었지? 내 생각에는 임자들 둘 다 자기 질문에 대한 대답을 스스로 한 것으로 보이는구먼. 만일 임자들이 다른 선택을 했다면 임자들의 삶도 달라질 수 있었을 거야. 오른쪽으로 도는 대신 왼쪽으로 돌거나 '예'라고 하는 대신 '아니오'라고 했다면 말이지. 임자들이 살아온 삶을 용납할 수 없다거나 그 때문에 정말로 불행했다면 임자들은 자신이 바라는 삶의 이야기를 풀어놓았을 테지. 그런데 임자들은 당신들의 삶을 그대로 그려 놓았어. 자신의 이야기를 바꿀 수 있었는데도 안 그랬다는 뜻이지. 자! 지금부터 임자들이 한 선택에 대해 생각할 수 있을 걸세."

두 여인은 각자 자기 집 벽에 담요를 걸어 놓았단다. 매일 아침마다 잠에서 깨자마자 두 여인은 담요를 바라보며 미소와 함께 새날을 맞이했어. 저녁에는 담요를 쳐다보며 감사 기도를 중얼거렸고.

"만일 네가 그들을 방문해서 담요를 보게 된다면 거기 그려진 그림과 색깔에 반할 수도 있겠지만, 담요 바탕이 원래 회색이었다는 사실은 알아채지 못할 거다."

손자는 오랜 세월에 걸친 고된 노동으로 거칠고 흉터가 난 할아버지의 손을 쳐다보았다. 그는 지금과는 다른 할아버지를 도무지 상상할 수 없었다. 그러다 보니 할아버지를 이끌어온 선택이 무엇이었는지 궁금해졌다. 할아버지는 어떻게 바람을 타셨을까?

"만약 할아버지의 삶이 달랐더라면 하고 바라신 적 있으세요?"

손자의 질문에 늙은 매가 나지막하게 웃었다.

"우리 모두는 이따금씩 그러면서 산단다. 흔히 창피를 당하거나 당황하거나 실패했을 때 다들 '이게 아닌데'라고 생각하게 마련이지. 내게도 가보고 싶다고 꿈꾸던 곳들이 있단다. 네가 보고 와서 내게 설명해 준 곳들이지. 나도 그랜드 캐니언과 알래스카에 있다는 그 디날리산Mount Denali, 또네가 보았다는 대양大洋 같은 것들을 나도 보고 싶었어. 하지만 비록 그 꿈을 이루지 못하고 그러지 못했다 해도 지금이 순간은 내가 누구이고 어떤 사람인가에 대해, 또 지금의 모습을 이루기까지 내 삶의 과정에 대해 그저 감사하고 있단다.

나도 실망이 어떤 것인지 뼛속 깊이 겪어 봤지. 그렇지만 네 할머니라는 훌륭한 여인의 사랑과 충성을 얻지 않았더냐? 네 할머니가 바로 내 인생의 바람이란다.

다행히 우리는 올곧은 자식을 둘이나 두었지. 네 어머니와 외삼촌 말이다. 지금은 너를 비롯해서 모든 손자들이 아내와 나의 삶 가운데 들어와 있고…. 내 자식들이 선량하고, 친절하고, 강인하고, 남들에게 자비로운 사람으로 변해가는 모습을 볼 수 있다는 게 얼마나 큰 축복이었는지 모른다. 그리고 지금은 네가 그런 사람으로 성장해 가는 모습을 지켜보는 중이지.

상황이 달라지기를 바랐을지도 모르겠다만, 나는 내 삶의 어떤 것도 바꾸려 하지 않았단다. 좋은 일이든 나쁜 일이든….”

“제가 할아버지를 실망시키지 않았으면 좋겠어요.”

“당연히 그런 일은 없을 거야. 네가 훌륭하고 올바른 일을 하기 위해 노력하리라는 걸 알거든.”

“어떻게 그렇게 확신할 수 있으세요?”

손자는 의아하다는 듯 말했다.

"때때로 저는 무엇이 옳고 그른지 잘 모르겠던데요."

약점은
또 다른 기회

"네게는 장점만이 아니라 약점도 있단다. 그
럴 수밖에 없는 것이 인생에 있어서는 모든
것이 다 양쪽을 지니고 있게 마련이거든."

늙은 매가 머리 위로 높이 솟아 있는 늙은 아름드리 사시
나무를 올려다보았다. 나무 둘레가 하도 넓어서 장정의 두
팔로도 감쌀 수 없을 정도였다. 늙은 매의 아버지가 심은 어
린 묘목이 그렇게 자란 것인데, 1896년 정부로부터 땅을 분
양받던 바로 그해였다.

"이 나무로 말하면…."

할아버지가 말을 꺼냈다.

"평생 우리 가족을 지키면서 이 자리에 서 있었지. 내가
이 나무를 볼 때마다 느끼는 건 강인함이야. 그런데 그 강인
함이 도리어 약점이 된 순간들도 있었어."

"이해가 잘 안 되네요. 그래도 이 주변에서는 가장 큰 나무잖아요?"

제레미가 고개를 갸우뚱했다. 그러자 늙은 매가 그리 멀지 않은 시냇가에 자리 잡고 있는 나지막한 벚나무 수풀을 가리키면서 말했다.

"저기 좀 보렴. 저 벚나무들은 이 사시나무에 비하면 키도 작고 연약하기 짝이 없지. 그런데도 네가 어렸을 때 저 녀석들은 가지 하나 잃지 않고 토네이도를 이겨낸 적 있단다. 반면에 이 늙은 사시나무는 굵은 가지가 여러 개 부러져 나갔고. 왜 그런지 알겠니?"

"글쎄요."

"사시나무의 크나큰 강점이 오히려 가장 큰 약점이 되기 때문이란다. 이놈은 폭풍에 대항해 뻣뻣하게 서 있기만 할 뿐, 벚나무처럼 바람결을 따라 몸을 구부릴 수가 없었지.

사람들은 종종 자신의 약점에 굴복하는 경우가 있단다. 아주 오래 전 한 젊은이가 그랬던 것처럼…."

우리 부족이 초원에서 자유롭게 살았던 때의 일이란다.

하지만 '새로 온 사람들'이 늘어나면서 세상은 갈수록 소란 스러워졌지. 그로 인해 많은 부족 사람들이 새로 온 사람들의 권력에 굴복할 수밖에 없었단다. 그런데 부족 중 한 무리만 여전히 새로 온 사람들에게 얽매이지 않고 '빛나는 산맥 the Shining Mountains'동쪽에서 자유롭게 살고 있었단다. 바로 '큰 뿔 산맥the Big Horn Mountains' 말이다.

그 어려운 시기에 한 훌륭한 지도자가 군계일학처럼 나타났단다. 전쟁터에서는 용감한 전사였고, 마을에서는 원로들과 상의해 주민들을 대표하여 훌륭한 결정을 내리기도 했지. 그의 판단력을 신뢰한 사람들이 당연히 그를 찾아 의논했고, 마을은 여러 해 동안 번성했지.

그러던 어느 날 한 젊은이가 이 마을로 들어왔단다. 새로 온 사람들이 그 젊은이의 마을을 공격해서 많은 사람들을 죽이거나 잡아갔다고 했지. 젊은이가 가진 것이라곤 입고 있는 옷과 무기 그리고 말 한 마리가 전부였어. 젊은이는 현명한 지도자에게 함께 합류해도 되느냐고 물었지.

현명한 지도자가 곤궁에 처한 젊은이를 바라보면서 대답했단다.

"당신이 우리와 함께한다면 우리 모두 기쁠 것이오. 그런데 그 전에 당신이 해야 할 일이 하나 있소."

"예. 무엇을 해야 하는지 말씀해 주십시오."

젊은이가 대답했지.

"마을에서 가장 가난한 집을 찾아가 당신의 말을 주시오."

젊은이는 곤혹스럽기 짝이 없었지. 이미 친구와 친척들을 모두 잃었는데, 가장 귀중한 재산인 말을 포기하라는 요구를 받았으니 말이다.

"어르신!"

그가 대답했단다.

"그럴 순 없습니다. 제가 입고 있는 옷과 이 무기를 빼고 나면 이 말이 제겐 전 재산인걸요."

젊은이는 매우 슬퍼하고 혼란스러워하면서 떠나 버렸다는구나.

"그 젊은이에게 왜 자기 말을 포기하라고 요구했습니까?"

부족회의 한 원로가 물었지.

"그가 자신의 어려움보다 더 큰 것의 일부가 될 수 있다는 사실을 배웠으면 해서였소."

현명한 지도자의 대답이었어.

"우리 마을에는 말이 많을 뿐 아니라 그에게 내 말들 가운데 한 마리를 주려고 했소. 하지만 먼저 그가 자신의 고통을 양보할 수 있는지, 내가 그에게 요구한 희생을 치를 수 있는지 알고 싶었소. 지금처럼 어려운 시기에는 우리 모두 전체의 이익을 위해 자신을 희생할 줄 알아야 하니까요. 아마도 그 친구가 이것을 조금 더 생각한다면 다시 돌아올 것이오."

✳

"그러니까 그 젊은이의 약점은 이기심이었군요."

손자가 지적했다.

"그렇지."

늙은 매가 맞장구를 쳤다.

"만일 그 친구가 그걸 극복했다면 말 한 마리보다 훨씬 더 소중한 걸 얻었을 텐데…. 다른 말을 얻었을 뿐 아니라 온 마을 사람들이 그를 기꺼이 환영했을 것 아니냐?"

"그럼 어떻게 약점을 극복해야 하나요?"

젊은이가 물었다.

"그것 또한 장점만큼이나 우리의 일부분을 이루고 있을 텐데요."

"때로는 극복할 수 없는 경우도 있지."

늙은 매가 말했다.

"우리 인간에게 조화란 필수 불가결한 것이면서도 모든

이에게 중요하다는 사실을 명심하길 바란다. 그건 자연계도 마찬가지야. 밤과 낮, 삶과 죽음, 뜨거움과 차가움, 젖은 것과 마른 것, 올라가는 것과 내려가는 것, 암놈과 수놈, 왼쪽과 오른쪽 등 예를 들자면 끝도 없지.

약점과 장점도 조화를 위해서는 반드시 있어야 하는 거란다. 어느 누구도, 그 무엇도 약점이나 장점만 지니고 있는 경우란 없는 법이지. 그런데도 어떤 이들은 자신의 약점을 간과하거나 아예 약점이 있다는 사실 자체를 부인하기도 하더구나. 아주 위험천만한 태도인데, 약점이 있다는 사실을 부인하는 것 자체가 바로 약점이거든. 바꿔 말하면 약점이 있다는 사실을 인정하는 게 곧 장점이 된다는 말이겠지. 그러고 보면 장점을 과대평가하는 것 역시 약점이 된다고 할 수 있겠지? 그러니까 너도 네 장점으로 인해 눈이 멀지 않았으면 좋겠구나. 장점이 있다고 여기는 것과 장점을 지닌 것은 분명히 다르다는 사실을 명심하려무나.

네 약점을 무시해서도 안 돼. 자기 약점 또한 잘 알고 있어야 한단다.

결국 네가 살고 있는 그 순간의 너 자신을 받아들이도록 해라. 지혜란 장점만이 아니라 약점 가운데서도 얻어지는 법이니까."

마지막,
선택의 순간에서

"네 안에는 기꺼이 실패하고자 하는 마음과
더불어 성공하고자 하는 의지도 함께 들어
있단다."

늙은 매가 구부러진 대초원 너머 아스라한 곳을 바라보다
가 목초지 건너편을 뛰어다니는 한 무리의 말을 가리키며
설명했다.

"저기 앞장선 녀석이 열두 살 먹은 암말이란다. 저 녀석이
항상 맨 앞에 서지. 심지어는 성큼성큼 걸을 때조차 지기 싫
어하는 놈이거든."

"그러게요. 저 암말은 타고난 달리기 선수죠."

"꼭 그래서만은 아니란다. 저 녀석은 날랜 달리기 선수를
여러 마리 낳았지. 지금 저놈을 따라잡으려고 기를 쓰는 녀
석이 바로 제 새끼들 가운데 하나란다. 어미한테 배우고 있

는 중이지."

"그런데 말은 애당초 달리려는 본능을 가지고 태어난 짐승이잖아요?"

"물론이지. 저 망아지도 태어나면서부터 어떻게 달려야 하는지 알고 있단다. 어미가 가르치는 건 승리하는 방법이야. 우리도 어떤 면에서는 저 망아지와 비슷하단다. 적어도 시작할 때는 모두 똑같았지. 저 망아지와 마찬가지로 너도 성공하려는 본능을 가지고 태어났고, 그건 우리 모두가 마찬가지란다. 그 본능이 우리를 어머니의 품에서 벗어나게 할 뿐 아니라 자신에게 주어진 삶이라는 여행으로 이끄는 요인이란다.

우선 그 본능은 네 주변에 있는 것들을 잘 볼 수 있도록 너를 똑바로 앉히려고 할 거야. 그런 다음, 네가 움직여야 할 필요성을 느끼도록 만들고 나서 너로 하여금 기어가게 만들지.

그러고 나면 이제 일어설 차례가 되는 거야. 신기한 것들이 저만큼 높은 데서 보면 좀 더 멀리까지 볼 수 있다면서 네게 쏘삭대거든. 곧 첫걸음을 떼게 되고, 네가 계속해서 가야 한다는 걸 알기 때문에 두 번째와 세 번째 걸음도 이어가게 되는 거지. 한 곳에서 시작한 여행이 다른 곳에서 끝난다는 사실도 깨닫게 되고….

비록 수없이 많이 넘어지겠지만, 너는 몇 번이고 다시 일어나면서 그때마다 조금씩 더 강해지고 균형도 훨씬 잘 잡게 될 거야. 또 굳은 결심을 하게 되면서부터 비록 실패하더라도 결코 좌절하지 않게 되고, 대신에 성공의 경험을 통해보다 강해진단다. 그런 가운데 계속 노력하려는 용기가 생기는 거고.

삶이 네게 손짓한다고 해서 그것이 항상 너를 호의적으로 봐준다는 신호는 아냐. 그건 네가 여행을 계속해야 하니까 그러는 거란다. 얼마 지나지 않아 그 여행에는 실망과 실패, 슬픔, 좌절, 권태, 의심 같은 것들이 동행한다는 사실을 깨닫게 되지. 네가 자신의 결단에 따라 행동하는 경우도 있겠지만, 실패한테 질질 끌려가는 자신을 발견하는 경우도 있을 테고….

그 결과, 네 안에는 성공하려는 의지만큼이나 실패해 버리려는 마음도 함께 있다는 사실을 깨닫게 된단다. 산이 너무 가팔라 보여서 그만두고 싶고, 길이 몹시 좁거나 험해서 포기하고 싶은 마음 말이다. 그 마음이 네게 자기 연민을 속살거리기도 하고, 때로는 애원하고, 때로는 큰 소리로 협박하기도 할 거야. 아무튼 호시탐탐 너를 포기하게 하려고 기를 쓰고 있다고나 할까?"

"할아버지, 기꺼이 하고자 하는 마음과 의지의 차이가 뭐라고 생각하세요?"

"음….."

늙은 매가 설명하기 시작했다.

"우리는 노력하고 성공하려는 의지를 물려받았단다. 아무튼 인간은 얼마나 되는지도 모를 만큼 오랜 세월 동안 이 지구상에 살아남아 있잖니? 아마 수천 세대쯤 되지 않을까? 단지 운이 좋아서 이렇게 오랫동안 살아남은 건 아니란다. 암말이 자기 새끼에게 물려준 것처럼 우리도 그와 똑같은 활기를, 또 우리를 단단하게 만들어 주는 강한 의지라는 유전자를 물려받았기 때문이란다.

그런데 살다 보면 우리 자신을 실패한테 넘겨줌으로써 어떻게 실패하는지를 배우기도 한단다. 또 포기한다는 것은 늘 하나의 선택 사항이라는 사실도 깨닫게 되지. 그냥 포기하는 게 좀 더 쉽고 덜 고통스럽다는 사실도 알게 될 테고 말이야.

그러면 기꺼이 실패하려는 마음이 실패라는 현실의 일부로 슬금슬금 기어들어 오게 된단다. 네 인생에서 너는 일정한 수의 성공을 할당받지도 않았고, 그렇다고 해서 일정한

수의 실패를 할당받은 것도 아니야. 그저 성공과 실패가 일어날 거라는 사실만 알고 있지.

한편 최선을 다했는데도 실패할 경우에는 패배를 기꺼이 인정하고 싶은 마음이 줄어드는 법이란다.

너 '오래 걷는 사람' 이야기 기억나니? 네가 조그마한 꼬마였을 때 처음으로 해 준 이야기 같은데⋯."

손자는 이야기를 떠올리며 고개를 끄덕였다. 때마침 불어오는 산들바람에 사시나무 이파리가 더 큰 소리로 바스락거렸다.

"제대로 기억나지 않는 걸 보니 아마도 내 나이 탓인가 보구나."

늙은 매가 껄껄 웃으며 말했다.

"네가 내 기억을 되살려줄 수 있을 것 같구나."

기억이 가물가물하다는 할아버지의 말씀이 의아하긴 했으나 손자는 목을 가다듬었다. 하지만 이내 자신이 이야기해 주기를 바라는 까닭이 있었음을 깨달았다.

"다 기억하고 계실 거예요."

'오래 걷는 사람Long Walker'은 우리 부족 사람이었어요. 그 일이 있기 전까지만 해도 그의 이름이 따로 있었대요. 아! '붉은 잎Red Leaf'같네요. 왜냐하면 나뭇잎에 단풍이 들 때 그 사람이 태어났거든요. 어쨌든 겨울이 다 될 무렵 사람들은 커다란 진흙 강Great Muddy River을 따라 미주리Missouri에 정착했답니다. 사람들이 기억하기로는 그해 겨울이 가장 혹독한 겨울이었대요.

어느 날 모피상을 하는 백인 하나가 강으로 내려가던 도중 마을에 들렀답니다. 그 시절 이곳에서는 상인이 혼자 여행하는 일이 흔치 않았답니다. 상인은 며칠을 마을에서 머무르다가 제 갈 길로 나섰습니다. 그런데 그 상인이 마을에 병을 옮긴 거예요. 심한 기침이 나오는 병이었는데, 그르렁거리면서 하는 기침이었죠.

많은 사람들은 이 병을 심하게 앓았고, 몇몇 사람들은 며칠을 앓다가 죽기도 했습니다. 안타깝게도 당시 마을에는 의사가 없었기 때문에 사람들은 어찌할 바를 몰랐고, 약초에 대해 잘 아는 노파도 새로 들어온 낯선 병에 대해서는 거의 손쓸 수 없었답니다. 결국 마을 원로들은 도움을 요청하기 위해 다른 마을로 사람을 보내자는 결정을 내렸답니다. 그런데 마을에서 가장 말을 잘 타는 사람도 병에 걸리고 말았죠. 어쩔 수 없이 원로들은 얼마 남지 않은 건강한 사람 중 하나라는 이유로 붉은 잎에게 이 일을 부탁했습니다. 물론 붉은 잎이 이 일을 할 수 있을지 미심쩍게 바라보는 사람들도 있었죠. 결국 그가 말을 타고 북쪽에 있는 다른 마을로 가서 의사에게 약을 얻어오기로 했답니다.

그런데 붉은 잎이 북쪽 마을에 도착하기도 전에 눈보라가 세차게 휘몰아치는 폭풍이 불어닥쳤지요. 눈보라와 찬바람에도 불구하고 붉은 잎은 계속 앞으로 나아갔답니다. 이따금 눈이 너무 깊이 쌓여서 말을 탈 수 없을 때에는 말을 끌고 가기도 했고요.

간신히 북쪽 마을에 도착한 붉은 잎은 마을 지도자와 의사에게 자기 마을의 사정을 전했답니다. 그러자 의사는 의식을 거행한 다음, 붉은 잎이 가지고 돌아갈 약을 마련해 주었대요. 땅바닥을 기어가는 어떤 식물의 잎으로 만든 약이었다더군요.

하룻밤만 쉬고 나서 붉은 잎은 자루 속에 약을 넣고 자기 마을을 향해 길을 나섰답니다. 하지만 날씨가 계속 말썽이었고, 점점 악화되었지요. 북쪽에서 새롭게 몰아치는 강풍과 눈보라가 얼마나 맹렬했던지 들소들조차 덤불이나 도랑으로 피난할 지경이었답니다. 붉은 잎도 이틀 동안이나 여행을 중단했고요. 폭풍이 그친 후에도 눈이 워낙 많이 쌓이는 바람에 말이 눈 속을 걸어 보려고 했지만 헛발질만 하다가 지쳐 버리고 말았답니다. 설상가상으로 말이 먹어야 할 풀마저 모조리 파묻혀 버리자 제대로 먹지 못한 말은 쇠약해져서 급기야 쓰러지고 말았답니다.

붉은 잎은 말을 포기하고 싶지 않았습니다. 먼저 벚나무 수풀에 피신처를 마련하고 동철 박은 설상화를 만들었답니다. 다행히 어린 사시나무 숲을 발견할 수 있어서 껍질을 벗겨 말에게 먹였고요. 말이 과연 어린 사시나무 껍질을 맛있는 먹이라고 생각했을지는 하느님만 아시겠죠.

보통 때 같았으면 붉은 잎은 피신처에서 따뜻하게 몸을 보호하면서 날씨가 좋아지기를 기다렸겠죠. 하지만 마을 사람들이 한시가 급하게 약을 필요로 하는 상황이라 말을 끌고 계속 걸어갔답니다.

마침내 가지고 있던 식량마저 바닥이 났는데, 눈은 여전히 그대로였답니다. 허리까지 차오르는 눈 속을 여러 날 걸은 끝에 붉은 잎은 쓰러지고 말았어요. 허약해진 데다 기진맥진한 상태라 쓰러진 곳에서 거의 의식을 잃을 뻔했답니다. 그런 상태에서 다시 일어설 힘을 짜내어 계속 걸었다는군요. 그 뒤로도 몇 번이나 더 넘어졌고, 그때마다 다시 일어서기가 갈수록 더 힘들어졌답니다. 마침내 그가 할 수 있는 일이라곤 말의 목줄을 붙잡은 채 말이 마을로 가는 길을 찾아가도록 맡겨 두는 것뿐이었습니다. 그렇게 해서 붉은 잎과 말은 오랫동안 굶은 데다 얼어 죽기 직전의 상태로 마을에 도착했답니다. 붉은 잎은 거의 이틀 동안이나 의식을 차리지 못했는데, 그 와중에도 병에 걸린 사람들에게 약을 전해 주었다는군요. 다행히 며칠 후부터는 대부분 환자들이 회복되기 시작했고요.

봄이 되자 마을 사람들은 붉은 잎을 기념하기 위해 잔치를 벌였고, 그에게 '오래 걷는 사람'이라는 새로운 이름을 지어 주었다고 해요. 이것이 제가 기억하고 있는 이야기의 전부입니다.

"그래. 그랬었지."
노인이 말했다.
"그런데 그가 약을 구해 와서 환자들을 고쳐 주고 살려냈기 때문에 사람들은 대체로 그것을 영웅 이야기 가운데 하나로 생각하고 있단다. 내 할아버지는 소년 시절에 오래 걷는 사람이 자기 입으로 직접 그 이야기를 들려줄 때 들으셨다더라. 그 양반이 말하기를, 자신이 간절히 원한 것은 그저 눈 속에서 잠드는 것뿐이었다는 게야. 너무 지쳤던 거지. 그러니까 그 양반의 일부는 이미 포기했지만, 나머지 부분이 포기하지 않았다는 말이야."

"그렇지만 모든 사람이 다 그런 용기를 가지고 있는 건 아니에요."

"물론 그럴 테지. 아무튼 오래 걷는 사람은 우리 모두에게 중요한 사실을 가르쳐 주었단다. 사람들은 흔히 영웅들도 이른바 갈림길이라는 순간에 부딪치게 된다는 사실을 곧잘 잊어버리지. 한쪽은 실패로 이어지고 다른 쪽은 성공으로 이어지는 갈림길 말이야. 만일 붉은 잎이 기진맥진했다는 이유로 포기해 버렸다면 그는 아마 얼어 죽었겠지. 그리고 그가 죽어 버리면 마을 사람들 역시 약이 없어서 죽었을 테고….

하지만 붉은 잎이 다시 일어서는 쪽을 선택했기 때문에 더 이상 할 수 없을 때까지 계속 나아가는 것이 낫다는 깨우침을 우리에게 알려 주고 있는 거야. 한 걸음 더 나아갈 힘이 있다는 것을 알면 포기하는 것보다 계속하는 것이 훨씬 더 낫다는 것을…."

영혼을 갉아먹는
오만함

> 네 안에는 오만을 부리려고 하는 편협함만이
> 아니라 연민의 정을 느끼는 따뜻한 심장도
> 들어 있단다."

몇몇 전사들이 복수를 위한 습격에 나선 것은 '기나긴 풀밭Long Meadows'에서의 원로회가 끝나고 몇 년 지난 다음인 1854년 무렵이었단다. 그들은 '조개의 강Shell River' 남쪽에 있는 적의 영토를 향해 며칠 동안 나아갔는데, 새로 온 사람들은 조개의 강을 '노스 플래트North Platte'라고 부른다더구나. 물론 수백 대도 넘는 마차가 꼬리에 꼬리를 문 채 '오레곤 길Oregon Trail'이라는 도로를 따라서 강가를 지나 서쪽으로 여행했지. 우리 부족 사람들은 그 길을 '성스러운 길Holy Road'이라고 불렀단다. 여하튼 그때 전사들이 복수보다 더 중요한 걸 깨닫게 되었지.

당시 전사들은 성스러운 길이 내려다보이는 산마루에 이르렀단다. 마차를 타고 왔던 새로 온 사람들이 강가 골짜기에 없다는 사실을 확인하고 싶었지. 가능하면 누구의 눈에도 띄지 않고 조개의 강을 건너려던 거였어.

그곳에는 새로 온 사람들이 여기저기 심각한 병을 전염시키는 바람에 초원에 사는 많은 부족들이 죽었단다. 그런데 마차 행렬이 금방 지나간 듯한 자취를 발견한 거야. 조개의 강 골짜기를 건널 준비를 하던 차에 숲속에 덩그러니 남아 있는 마차가 보였어. 가까이 가서 보니 한 여인이 아직 어린 꼬마 둘을 데리고 금방 만든 게 분명한 무덤 곁에서 울고 있더란다.

대부분의 젊은 전사들은 여인과 아이들을 그저 운명에 맡긴 채 떠나고 싶어 했단다. 그래 봤자 그들은 우리 부족과 다른 새로 온 사람들이고, 친절을 베풀어 봤자 골치 아픈 일만 가져올 게 뻔하니까. 젊은 전사들은 여인과 아이들이 그런 일을 당해도 싸다고 생각했단다. 하지만 전사들의 우두머리는 산전수전 다 겪은 사람이었어. 그는 여인과 아이들이 자신들에게 아무 위협도 되지 않는다는 걸 깨달았어. 대장이 숲속으로 말을 타고 들어가자 다른 전사들은 무척 놀랐단다. 물론 여인과 아이들은 놀란 정도가 아니라 공포에 질려 버렸어. 말을 탄 대장의 모습을 보는 순간 '피에 굶주린 야만인'에 관해 들었던 모든 이야기가 그들의 머릿속에 번개처럼 떠올랐겠지. 그러고는 이제 곧 죽겠구나 하는 생각이 들었을 테고….

어찌어찌해서 대장은 여인과 아이들을 겨우 진정시킬 수 있었는데, 곧이어 뒤따라 다른 전사들도 나타나자 여인과 아이들은 마차 밑으로 기어들어 갔어. 대장은 주전자에 차를 끓여서 그들에게 권했단다. 그래도 그들은 여전히 공포에 휩싸여 있었겠지. 새로 온 사람들은 전사들이 두려웠고, 전사들은 입에 담기조차 싫은 병이 옮을까 봐 그들이 두려웠단다. 대장이 젊은 전사 하나를 달래서 그들이 방금 잡은 짐승의 신선한 고기를 요리하도록 했다는구나. 말하자면 양쪽 다 상대방을 경계의 눈초리로 바라보면서 식사를 하는, 괴상한 분위기의 저녁 식사 풍경이 연출되었지. 어찌 되었든 그날 저녁은 아무 일 없이 지나갔단다.

대장의 짐작으로는, 그 여인이 최근에 과부가 되었고, 함께 동행했던 사람들은 여인을 남겨두고 떠났다고 보았어. 이튿날 아침, 대장은 온갖 손짓 발짓을 동원하고 땅바닥에 어설프게 그림을 그려 가면서 여인과의 대화를 시도했다는구나. 여인은 머뭇머뭇하면서도 그의 질문에 대답했지. 그리고 손짓과 그림을 통해 여인은 자기를 두고 먼저 간 마차 행렬에 합류하고 싶다는 의사 표시를 했다는구나.

전사들은 회의를 열었어. 대다수는 그냥 떠나는 쪽에 찬성했지만, 대장은 자기들이 남쪽으로 가던 길을 계속하기 전에 그녀를 도와주어야 한다고 설득했단다. 그러자 좀 더 젊은 축에 드는 두 사람이 싫다면서 떠나 버렸고, 나머지 사람들은 그냥 남았다는구나. 그들이 제일 먼저 한 일은 여인이 잃어버린 마차 끄는 황소들을 찾아주는 일이었어. 전사들 모두 그 황소들처럼 느려터지고 고집불통인 짐승은 세상 처음이라며 투덜댔다더구나. 어쨌거나 황소 네 마리를 찾아냈고, 여인은 그놈들을 자기 마차에 묶었어. 남편의 무덤 앞에서 간단한 의식을 치르고 나서 여인은 아이들을 마차에 태웠어. 이어 기묘한 행진이 시작되었단다.

전사들이 새로 온 사람과 그들의 마차를 호위한 것은 전무후무한 일이었단다. 전혀 있을 수 없는 동맹이 딱 한 번 이루어진 셈이지. 이틀 뒤 그녀를 두고 간 마차 행렬이 시야에 들어오자 전사들은 그 자리에서 멈추었고 여인은 계속 나아갔다는구나. 전사들은 여인이 동행했던 사람들과 합류하는 걸 확인할 때까지 산 위에 머물러 있었단다. 그런 다음, 다시 복수의 길로 달려갔지.

손자가 천천히 고개를 저으면서 물었다.

"그 전사들은 그 후로 어떻게 되었나요? 복수를 하고 살아 돌아왔나요?"

"한 사람 이상은 살아 돌아왔겠지. 그러니까 여인과 아이들 이야기가 전해진 게 아니겠니?"

노인의 대답이었다.

"여기저기 전해지는 이야기들 가운데 대장이 여인을 도와준 것 때문에 비판받고 조롱당했다는 소문도 들리더구나."

"왜 대장이 여인을 도와주고 싶어 했다고 생각하세요?"

손자가 물었다.

"그 여자는 우리의 가장 악랄한 원수 중 하나잖아요?"

"만일 네 아비나 나의 아버지와 할아버지 같은 전사들이 여인의 곤경을 상관하지 않았다고 생각한다면 아마 네 마음속 한구석에서는 우리가 '야만적'이었다는 이야기를 믿고 있다는 의미일 게야. 내 생각에는 그들이 좀 더 개화되었기 때문에 그녀를 도와준 게 아닌가 싶구나. 혹은 가족으로부터 배운 가치관 때문인지도 모르고…. 즉 사람은 누구나 동정 받을 만한 가치가 있다고 배웠겠지.

나는 다음과 같은 사실을 믿고 있단다.

모든 사람은 오점이나 흠 하나 없이 세상에 태어나지. 태어나는 순간 우리 모두는 하나하나가 다 희망이고 기회란다. 우리가 선량한 길을 따를 것이라는 희망이고, 다른 사람들이 우리를 자신의 모습을 따라 만들어가고, 우리에게 자신의 특성을 불어넣을 수 있는 기회인 거지. 하지만 여행이라는 현실이 자리를 잡게 되면 우리에게 주어졌거나 우리가 선택한 길이 우리를 형성하고 우리를 이끌어간단다. 때로는 우리 혈관에 흐르는 피보다 더 자주 그렇단다.

여행을 하는 과정에서 많은 사람들이 세속적인 것들을 얼마나 많이 가졌고, 또 가질 수 있는가를 두고 자기 자신과 남을 비교하지 않니? 가장 많이 가진 사람이 가장 훌륭하다는 생각이야말로 잘못된 선입관이야.

돈으로 권력과 영향력은 살 수 있을지 몰라도 도덕성이나 친절함, 동정심을 살 순 없는 법이다. 부를 추구하다 보면 부자건 가난한 사람이건 시간과 사랑과 친절과 동정을 넉넉하게 베풀 수 있다는 사실에 무감각해지는 수가 많단다. 그런 미덕은 물론이고 다른 것까지 더해서 한없이 많은 것들을 가질 수 있는데, 안타까운 일이지.

동정을 베풀 줄 모르는 사람은, 누구나 살다 보면 언젠가 동정을 필요로 할 때가 온다는 사실을 깨닫지 못한 거야. 혹은 우리가 동정을 필요로 할 때 누군가가 우리에게 동정을 베풀었다는 사실을 곧잘 잊어버리거나…. 그것이 바로 오만이라는 편협함이란다. 전염성이 매우 강한 영혼의 병인데, 무지가 그 운반책 노릇을 하고 있지. 자기 자신을 넘어서는 현실이란 있을 수 없다고 생각하는 사람들이 있는데, 바로 그런 이들의 영혼을 갉아먹는 것이기도 해.

오만이라는 편협함을 앓고 있는 사람들은 불운은 당사자의 잘못 때문이고, 행운은 자신에게 속한 특권이라고 생각하더구나. 애야! 어떤 길을 가든 오만함에 빠져서 네 영혼을 위태롭게 하는 일은 삼가야 한다."

삶을 맞서는
용기

"네 안에는 삶을 외면하려 드는 두려움과 마찬가지로 삶에 용감하게 맞서고자 하는 용기도 함께 자리하고 있단다."

다시 한동안 침묵을 지킨 끝에 늙은 매가 손자를 지긋이 바라보았다. 손자의 얼굴은 더 이상 고통과 혼란으로 인해 괴로워하는 듯한 표정은 아니었다. 노인이 슬그머니 미소를 지으면서 부드럽게 바스락거리는 나뭇잎을 올려다보았다.

"제레미…."

노인이 말을 이었다.

"너도 알다시피 사랑하는 사람이 죽고 난 후에 어떻게 살고, 어떻게 처신해야 하는가는 매우 중요한 일이란다. 즉 어떤 모습을 보여주고, 어떤 태도로 감정을 조절하느냐가 남은 인생에서 자신이 어떤 사람이 될 수 있을지 결정짓는다고 할 수 있지. 사람이 하나 죽는다고 해서 모든 삶이 다 끝나는 건 아니기 때문에 하는 말이란다. 우리 가족은 네 아비를 잃고 무척 고통스러운 시간을 보냈지 않니? 특히 이럴 때일수록 우리 모두 중심을 잃지 말고 더욱 강해져야 해."

"할아버지, 그건 저도 알고 있어요. 그런데 그게 쉽지 않네요."

손자의 고백이었다.

"바로 그 문제로 네가 찾아온 게 기쁘구나. 어떻게든 너를 도울 수 있을 테니 말이다. 우리 모두가 하고 있는 이 여행이야말로 끊임없이 배우는 과정 가운데 하나라는 사실을 네게 들려줄 수 있어서 감사하구나.

무언가가 우리를 계속 움직이게 하거나 계속 움직여야 한다고, 계속 나아가야 한다고 속삭이고 있지. 그것은 딱히 뭐라고 정의할 수 없는 신비한 힘인데, 삶 자체라고 할 수 있단다. 젊은 시절에는 삶이라는 게 대부분 뼈와 살과 피를 중심으로 이루어지지. 하지만 인생의 황혼기에 접어들면서 지식과 지혜가 우리 삶의 중심을 이룬단다.

뭐라고 정의할 순 없지만 삶이 제공하는 그 힘이 우리의 여행 중에 일어나는 온갖 일들에 대해 용감하게 맞설 수 있게 한단다. 그런데 네가 그 시기에 두려움이나 불안감에 굴복하고 만다면 '지켜보는 사람^{Watcher}'처럼 될지도 몰라."

몹시 하얀 피부를 가지고 태어난 아이가 있었단다. 헌데 형이나 누이는 짙은 구릿빛이었지. 엄마는 그 아이를 꽁꽁 싸 놓고 집 밖으로 한 발자국도 못 나가게 했단다. 오로지 흐린 날에만 밖에 나가 노는 것을 허락했어. 세월이 흐르면서 아이는 점점 태양을 무서워하게 되었다지.

두려움은 그를 그늘로만 나다니게 했고, 이제는 그가 밤에만 집에서 나오는 걸 보고도 놀라는 사람이 아무도 없었단다. 물론 마을 행사에도 참가하지 않았지. 청년이 되어 젊은 아가씨와 사랑에 빠졌지만, 그 아가씨는 환한 햇살을 받으며 풀이 무성한 언덕길을 산책하고 시원한 시냇물 속에서 놀기를 좋아했기 때문에 그녀를 단념하고 말았다는구나.

점점 그는 얼굴 없는 사람으로 알려지게 되었고, 나이를 먹어가면서 어둠 속에서 남들이 살아가는 모습을 지켜보기만 했단다. 그렇게 지켜보다가 들키면 재빨리 사람들의 시선을 피해 사라져 버리곤 했어.

오랜 세월이 지난 후 그는 지켜보는 사람으로 알려졌고,

오늘날까지도 그저 지켜보기만 하면서 삶의 가장자리에 머물러 있다고 해. 어쩌면 너도 그의 모습을 보았을 수 있겠구나. 몰래 너를 지켜보고 있는 것을 의식한 순간 네 시야로부터 도망치는 모습 말이다. 그는 언제까지나 삶의 언저리를 서성대는 그림자로만 살겠지.

"삶에 용감하게 맞선다고 해서 성공이 꼭 보장되는 건 아니란다. 하지만 두려움에 굴복하고 삶을 외면한다면 실패는 확실하게 보장받는 셈이지.

삶에 용감하게 맞서지 않는다는 건 경험을 얻지 못한다는 말이고, 경험을 얻지 못하면 아는 것에 한계가 있게 마련이야. 아는 것이 없으면 지혜도 얻을 수 없단다.

그 모든 걸 다 지니게 되려면 삶이 어떻든 간에 용감하게 맞서야 해."

3장

스스로를
단련시킨다는
것

66

인생의 폭풍에 용감하게 맞설 수 있다는 것은

삶의 현실을 받아들인다는 뜻이란다.

나쁜 일이 일어나리라는 현실을 거부한다고 해서

그런 일이 일어나지 않도록 할 수 있는 건 결코 아니거든.

강인함이란 삶의 폭풍에 용감하게 맞서고, 실패가 무엇인지 알고,

슬픔과 고통을 느끼고, 비탄의 구렁텅이에 빠져 본 뒤에야

얻을 수 있는 것이란다."

99

마치 삶이 심호흡이라도 하는 양 산들바람이 잠시 멎자 두 사람 위로 정적이 내려앉았다. 사시나무도 노래를 멈췄다. 제레미가 꼼짝달싹하지 않는 나뭇잎을 올려다보았다. 그 순간 심원하면서도 완벽한 고요함이 느껴졌다.

정적이 계속되자 늙은 매가 풀밭을 향해 눈길을 돌렸다. 얼마 후 다시 산들바람이 부드럽게 불어오면서 나뭇잎을 어르고 달래서 은방울 같은 목소리로 속살거리게 했다.

"지구에게도 심장 박동이 있단다."

늙은 매가 입을 열었다.

"매번 고동치는 사이에 침묵이 오지. 그 침묵의 순간이 바로 지구의 생명이 다음번 박동을 위해 힘을 끌어모으는 시간이란다. 너도 그렇게 하는 법을 배우면 좋겠구나. 너 자신을 집중시키는 데 침묵을 이용하는 거야."

오르막길

"삶이 네게 힘을 줄 수 있느니···."

"삶은 주기도 하고 빼앗아가기도 한단다."

노인의 말이 이어졌다.

"삶은 우리의 시간을 빼앗아 가지. 바꿔 말하면 이 지상에서의 여행을 끝내는 그날에 하루하루 더 가까워지는 셈이란다. 어디 그뿐이겠니? 삶은 또 우리에게서 노력과 땀과 최고의 목적과 가장 고귀한 이상, 그리고 꿈과 희생을 빼앗아 가기도 하지. 그러고도 더 많은 것을 요구한단다. 게다가 우리 앞길에 장애물을 던져 놓기까지 한단다. 경악, 실망, 무관심, 혼란, 의심 그리고 고통까지···.

그런가 하면 삶은 겉으로 보이는 것보다 훨씬 더 많은 것들을 우리에게 준단다.

오래전 일이든 최근 일이든 우리가 겪은 어려움을 뒤돌아보면서 배울 수 있다는 말은 적어도 제시간에 그걸 통과했다는 뜻이야. 지금 이 순간의 시선으로 고달픈 경험을 되돌아본다는 것은 우리가 그 어려움을 이미 헤쳐 나왔다는 의미란다. 역경이 대개 그렇듯 경험의 과정 가운데 희생이 따랐을 수도 있지만, 결국 그걸 헤쳐 나오지 않았니?

살아남았다는 것 자체가 성공을 의미하지. 그것이 가능하다는 걸 알게 되거나 떠올리게 되었으니 말이다. 경험과 역경은 우리가 강해질 수 있다는 걸 깨닫게 해 주는 도구란다.

삶이란 우리의 만족감과 행복을 방해하는 것처럼 보이는 역경과 시련의 연속일 경우가 많단다. 너도 알다시피 우리가 성취하지 못한 것들은 그것이 무엇이든 간에 모두 우리와 상관이 있지. 안타깝게도 그런 실패 덕분에 다른 것을, 말하자면 기대하지 않았던 좋은 걸 얻을 수 있다는 사실을 깨닫지 못하는 사람들이 많더구나."

노인이 잠시 말을 멈춘 사이 산들바람이 초원 너머로 소용돌이치면서 불었다. 사시나무로부터 몇 미터 떨어진 지점에서 작은 회오리바람이 일더니 초원의 풀 꼭대기 위로 춤을 추며 나아갔다. 그러다가 먼지 기둥을 이끌고 허공으로 사라져 버렸다.

손자는 먼지가 푸른 하늘 속으로 흩어져 버릴 때까지 하염없이 바라보았다. 할아버지는 종종 누군가의 영혼이 회오리바람을 타고 돌아온다고 했었다.

"네 아비가 들려준 이야기가 하나 있지. 군대에 있을 때 해외에서 들은 이야기라고 하더구나."

늙은 매가 다시 말문을 열었다.

세상의 온갖 소란스러움으로부터 뚝 떨어진 어느 산골짜기에 마을 하나가 둥지를 틀고 있었지. 그 마을에는 주민들에게 필요한 것들을 다 갖추고 있었단다. 상점, 학교, 도서관, 교회 그리고 병원까지…. 마을에서의 생활은 꽤 만족스러웠는데, 그럼에도 나름의 속도로 조금씩 변화하고 있었어. 대부분 마을 사람들은 행복하게 살았단다. 하지만 마을 젊은이들은 이따금 산 너머에 무엇이 있을까 호기심을 품은 채 산을 바라보곤 했지.

마을을 떠나고 싶어 하는 젊은이들을 말리려는 주민은 아무도 없었다는구나. 그들 자신도 젊었을 때에는 똑같은 갈망을 품고 있었거든. 게다가 산 너머 세상으로 떠났던 사람들도 대부분 다시 마을로 돌아왔고.

어느 누구도 젊은이들이 마을을 떠나지 못하게 막거나 그냥 마을에 눌러살라고 압박하진 않았어. 그저 가슴이 정말로 원하는 대로 하라고 이야기해 줄 뿐이었단다. 다만 젊은이가 마을을 떠나기로 작정했다면 남녀를 막론하고 한 가지 의식을 치러야 한다는 조건이 있었어.

마을 끝 쪽에는 거기에서 시작해 가장 높은 산꼭대기까지 이르는 길이 있었단다. 계단으로 죽 이어진 길이었는데, 그 길이 끝나는 곳에는 버스 정류장으로 이어지는 포장도로가 나오고 버스를 타면 바깥세상으로 여행할 수 있었지. 다시 말해 젊은이들이 마을을 떠나려면 그 계단을 밟고 포장도로까지 올라가야 했단다.

마을을 떠나고 싶어 하던 대부분 젊은이들은 이 조건을 듣고 다시 생각하게 되는데, 계단을 오르는 게 너무 힘들어서 선배들 가운데 꼭대기까지 올라가 보지 못한 사람이 여럿 있다는 말을 들었기 때문이지. 그럼에도 산 너머 세상에 대한 호기심을 떨치지 못한 몇몇 젊은이들은 계단을 오르는 쪽을 선택했단다.

한 젊은이가 출발하는 날 아침이면 그의 가족을 비롯한 친구들과 친척들이 마을 중심가에 늘어서서 시끌벅적하게 배웅을 해 주었단다. 이어 계단길이 시작되는 마을 끝까지 데려다준 다음, 작별 인사를 나누었지.

"산꼭대기에 이르면 너를 기다리고 있는 선물을 발견하게
될 거다."

젊은이가 들은 말이었어.

그렇게 젊은이는 계단을 오르는 일로 바깥세상을 향한 여
행을 시작한단다. 나무판으로 된 계단은 거의 1.6킬로미터
가량 이어져 있는데, 양쪽에 튼튼한 나무 난간이 세워져 있
어서 올라가는 사람이 그 길에서 벗어날 수 없도록 되어 있
었지.

처음에는 길이 넓기 때문에 올라가기 쉬웠지만, 갈수록
폭이 점점 좁아질 뿐 아니라 계단 높이도 1인치 정도 높아
진 거야. 반쯤 올라가자 쉬어가라고 벤치가 하나 놓여 있더
란다. 힘겹게 올라가던 젊은이는 걸음을 멈추고 쿵쿵 뛰는
심장이 가라앉을 때까지 잠깐 쉬었단다. 어쩌면 자신이 헐
떡거리고 있다는 사실에 놀랐을지도 모르지.

산을 좀 더 올라간 다음, 젊은이가 다시 멈추었어. 심장은
확실하게 쿵쿵거리고 있었고, 한층 숨 가쁘게 헐떡거리고
있었단다. 그 지점까지 올라와서야 길이 훨씬 좁아지고 층
계가 한층 더 높아졌다는 사실을 깨달은 거지. 한편으로는
산꼭대기에서 자신을 기다리고 있는 선물이 올라갈 만한

가치가 있는 것이기를 바라고 있었어.

나머지 오르막은 훨씬 힘들었단다. 젊은이는 쉬기 위해서 자주 제자리에 멈춰 서야 했어. 이제 층계가 무척 좁아져 있었는데, 미끄러지지 않으려면 양쪽에 세워진 난간을 움켜잡아야 했지. 그래도 결국 끝까지 올라오고야 말았어. 심장은 북처럼 쿵쿵거리고, 격렬한 운동으로 다리는 후들후들 떨리고, 폐는 불이 난 것 같았겠지. 드디어 마지막 계단을 통과하고 바깥세상으로 나가는 문에 도달했어. 포장도로까지는 겨우 몇 미터밖에 남지 않았고….

젊은이는 선물을 찾아보았지만 아무것도 보이지 않았고, 대신 나무 벤치 하나만 덩그러니 놓여 있었다는구나. 일단 거기에 앉아서 쉬었지. 부모님이 분명 선물이 있을 거라고 말씀하셨건만, 암만 둘러봐도 선물 같은 건 눈에 띄지 않았단다. 이윽고 젊은이를 산 너머 바깥세상으로 데려갈 버스가 도착하자 마지막으로 주위를 한 번 더 둘러보면서 버스에 올랐단다.

그 순간 선물이 눈에 띄었어.

문 위의 아치에 다음과 같은 말이 새겨져 있었단다.

'강인함은 노력과 고통의 소산이니라.'

"마을을 떠나 바깥세상으로 나가 보지 않은 사람들은 어땠나요?"

손자가 다시 물었다.

"그 사람들은 젊은이가 배웠던 교훈을 얻지 못한 것은 아닐까요?"

"그렇겠지."

늙은 매가 대답했다.

"하지만 그들도 자신의 삶을 살면서 똑같은 교훈을 터득했을 게다. 그와 같은 계단을 오르는 일이 곧 인생 그 자체니까."

강인함의
의미

"강인함이란 삶의 폭풍에 용감하게 맞서고, 실패가 무엇인지 알고, 슬픔과 고통을 느끼고, 비탄의 구렁텅이에 빠져보고 나서야 얻을 수 있는 것이니….”

"폭풍이 불어오는 것, 그게 바로 여기 초원에 사는 사람들의 삶의 현실이란다. 종종 폭풍은 불시에 우리를 덮치곤 하지. 어떤 때는 폭풍이 일어나 다가오고 있는 걸 보면서도 그저 속수무책으로 기다리는 수밖에 없는 경우도 있는데, 그건 우리가 폭풍에 대해서 잘 알고 있기 때문이야. 폭풍이 우리를 강타하게 되면 우린 그저 그 위력과 사나움을 겪으면서 최선을 다해 이겨내는 수밖에 없단다.

인생 역시 폭풍과 비슷해. 종종 극도로 힘겹고 고약하고 추잡한 일들이 우리에게 닥치지. 질병, 사고, 가난, 외로움,

배신, 살 집이 없거나 악몽에 시달리기, 부모나 자식 또는 친구나 배우자의 죽음 등…. 설상가상으로 질병이 우리 몸과 마음뿐 아니라 영혼과 정신까지 공격하기도 하지. 게다가 나이 들어 늙으면 그나마 지니고 있던 머리카락과 위엄마저 모두 빼앗겨 버리고 만단다.

네 할머니의 동생과 할머니는 특히 삶의 폭풍을 많이 겪은 경우지."

노인은 손자의 기억을 불러일으켰다.

"유니스 할머니^{Grandma Eunice} 말씀인가요?"

"그래. 처제는 젊은 나이에 첫 번째 남편을 잃었단다. 그런데 다시 결혼해서 얻은 아이가 강물에 빠져 죽고 말았지. 그러더니 첫 번째 결혼에서 낳은 아들이 1967년에 벌어진 전쟁 통에 해외에서 전사했단다. 그리고 지금은 두 번째 남편이 술독에 빠져서 살고 있다더구나. 그런데 네가 그 할머니를 볼 때마다 느끼는 첫인상은 어떠니?"

"늘 웃고 계세요."

손자는 조금의 머뭇거림도 없이 대답했다.

"이 주변에 유니스 할머니보다 정서적으로나 정신적으로 더 강인한 사람은 없을 게다.

그녀가 겪은 것처럼 말할 수 없이 힘겨운 폭풍에 용감하게 맞선다는 것은 삶의 현실을 받아들인다는 뜻이란다. 나쁜 일이 일어나리라는 현실을 거부한다고 해서 절대로 그런 일을 막을 수 있는 건 아니기 때문이지.

삶이란 살아내야 하는 것이지, 피해도 되는 게 아닐 거야.

유감스럽게도 유니스 할머니가 겪은 것처럼 아무도 우리에게 인생이 무엇이고, 어떻게 살아야 하는가에 대해 설명서를 전해 주지 않는단다. 간단하고 쉽게 써 놓은 지침서는커녕 복잡하고 어렵게 써 놓은 것마저도 없더구나. 경험과 상황을 바탕으로 그날그날 용감하게 맞서는 것만이 영혼의 연료가 되고, 정신의 에너지가 될 수 있단다. 그 하루하루가 더해져서 네가 누구이고 어떤 사람인지 결정될 테니까.

우리 모두는 매일 아침마다 인격의 깊이를 더하고 지식을 늘리면서 성장할 수 있는 기회를 가지고 일어나게 된단다. 아무리 하찮아 보이는 경험이라도 모든 경험은 다 선물이야. 마찬가지로 네가 살아가면서 만나는 모든 사람들은 그가 친구든 적이든 모두 너에게 선물이라고 할 수 있어. 어려운 상황과 다루기 힘든 사람들이라 할지라도 우리에게 인내와 관용을 가르쳐 주는 법이거든.

좋은 경험 역시 삶이라는 현실의 일부분이야. 물론 두어 번 긍정적인 경험을 했다고 해서 많은 부정적인 경험과 맞먹는 값어치를 지닌다고 할 순 없겠지. 그리고 나쁜것도 당시에는 그렇게 보이지 않을지라도 좋은 것이 될 수 있다는 걸 배울 수 있어. 비록 그 당시에는 그렇게 보이지 않을지라도 말이다. '너를 죽이지 않는 것은 무엇이든 너를 더욱 강하게 만든다'라는 격언이야말로 분명한 진실을 담고 있단다.

그래도 가장 중요한 건 '할 수 있다'라는 말이라고 생각해. 너를 죽일 정도가 아니라면 그 일을 통해 네가 더욱 강해지고, 좀 더 많은 것을 알게 될 거야. 다만 한층 더 지혜로워지느냐 아니냐 하는 것은 거저 주어지는 게 아니야. 네가 그렇게 작용하도록 할 필요가 있다는 말이다. '담금질'이라는 경험을 요하는 거지. 너, 그 말이 무슨 뜻인지 알겠니?"

젊은이가 고개를 끄덕였다.

"담금질이란 벌겋게 달궈진 뜨거운 강철을 차가운 물속에 집어넣었을 때 일어나는 과정이지요. 그렇게 물속에 담금으로써 강철을 더욱 강하게 만드는 거잖아요?"

"그래. 그거야."

늙은 매가 말을 받았다.

"우리를 보다 강하게 만들어 줄 수 있는 위기나 역경에 느닷없이 빠지게 되더라도 잘 이용하는 지혜가 필요해. 담금질 과정은 실망이나 슬픔, 비탄과 같은 어려운 현실을 잘 대처해야 할 필요가 있다는 뜻이지. 그런 감정을 거부하지 않는 것도 담금질의 일부야. 실망이나 슬픔, 비탄 따위를 환영할 만한 사람은 아무도 없겠지만, 그래도 희로애락의 감정을 경험해야 할 필요성까지 거부해서는 안 돼. 우리 영혼이 울 때라고 말하면 울어야 하는 법이야. 이것이야말로 네가 그러기로 작정한다면 슬픔을 균형 있게 자리매김하는 의식이자, 상황을 제어하는 능력을 얻는 방법이란다."

"그러니까 비통함도 우리에게 무언가를 가르쳐 줄 수 있겠군요."

"그럼! 비통함도 다 목적이 있단다. 애통해한다고 해서 유약하다는 의미가 아니야. 다시 한 번 조화와 강인함을 얻기 위해 나아가는 첫걸음이라고 볼 수 있단다. 애통해하는 것이야말로 담금질 과정의 일부지."

늙은 매가 잠시 말을 멈추었다가 물었다.

"한증막이라고 부르는 '부활' 의식에 넌 몇 번쯤 갔었니?"

손자가 어깨를 으쓱하며 대답했다.

"아, 정확히는 모르겠지만, 이백 번도 넘을걸요. 그런데 왜요?"

"알다시피 우리 부족 사람들은 그 의식이 우리의 고민과 문제를 깨끗이 정화해 준다고 믿고 있단다. 의식이 진행되는 동안 사람들은 경내에서 기도를 올리지. 뜨거운 돌 위로 물이 쏟아지게 되면 땀을 줄줄 흘리게 되는데, 그건 부활 의식의 육체적이고 상징적인 부분이라 할 수 있단다. 땀을 흘리는 게 곧 마음을 정결하게 만들어 주는 정화 행위야. 그런데 애통해하는 것은 그 의식과 비슷한 면이 있지. 상실감과 분노를 정화하는 데 도움이 되거든.

삶의 폭풍에 용감하게 맞서는 것은 그게 온다는 걸 아는 데서부터 시작된단다. 우리는 자신을 괴롭히는 폭풍이 불지 않기를 바라고 기도하지만, 사실상 그게 오리라는 걸 예상하고 있어야 해. 그리고 폭풍이 닥쳤을 때는 제일 먼저 최선을 다해 용감하게 맞서야 한단다. 우리가 누구이고 어떤 사람이건 간에."

폭풍에
맞서는 방법

"너는 폭풍 속에서도 일어서야 한단다. 바람과 추위와 어둠에 용감하게 맞서야 하느니…."

"나는 그동안 서로 다른 짐승들이 폭풍 속에서 어떻게 행동하는지 지켜봤단다."

늙은 매가 말했다.

"들소는 폭풍우건 휘몰아치는 눈보라건 바람의 위력 앞에 용감하게 대항하지. 반면에 말은 덤불이나 바람막이 같은 곳을 찾은 뒤, 꼬리쪽으로 바람에 맞선단다. 어떤 새들은 날개 속에 고개를 파묻은 채 깃털을 부풀리기도 하고, 또 다른 새들은 뇌조처럼 풀밭이나 낮은 덤불 속에서 피난처를 찾기도 해. 어찌 되었든 간에 모두들 바람과 추위를 견뎌낼 방법을 찾아내지.

폭풍에 어떻게 맞서느냐 하는 것도 중요하지만, 오로지 그것을 견뎌내기 위해 노력하는 것도 그에 못지않게 중요하단다.

옛날 우리 부족에겐 지도자를 뽑는 독특한 방법이 있었어. 부족민들은 경험 많은 지도자를 좋아했기 때문에 그런 사람에게 족장이 되어달라고 부탁하는 게 일반적이었단다. 요즘에는 어떤 일을 하겠노라고 공약을 내거는 사람을 뽑지 않니? 흔히 가장 많은 걸 약속하는 사람이 실제로는 시작조차 하지 않는 사람일 경우가 많더구나. 그래서인지 나는 옛날이 더 좋더라. 그 시절에는 어떤 사람이 이미 이루었거나 겪어온 일을 통해 그가 무슨 일을 할지 알 수 있었으니까.

이 이야기는 우리가 말을 타기 시작한 이후의 이야기이지만, 새로 온 사람들이 아주 많아지기 전에 있었던 일이야."

그런 사람들 가운데 친구나 친척들 사이에서 '홀로 서 있는 사람Stands Alone'으로 불리는 남자가 있었지. 홀로 서 있는 사람이라는 이름은 나중에 얻은 것이란다. 그는 용감한 전사로 적을 만나면 제일 먼저 공격에 나섰고, 가장 나중에 물러서는 사람이었어. 신뢰할 만한 성품을 가졌고 늘 한결같은 사람이었는데, 다른 사람에게 지시를 하기보다 옳다고 생각하는 것이라면 스스로 행동으로 보여 주었단다.

홀로 서 있는 사람에게도 온전한 가족이 있었어. 그는 아내와의 사이에 아들과 딸을 각각 하나씩 두었는데, 자식들을 금이야 옥이야 하고 키웠단다. 어느 해 여름, 어린 딸이 곰의 공격을 받고 말았어. 상처가 너무 깊은 나머지 마을에서 가장 노련한 의사조차 아이를 살려낼 방법이 없다고 했지.

홀로 서 있는 사람과 아내는 무척 비통해했지. 그렇게 애통함을 표현한다고 해서 홀로 서 있는 사람의 아내에게는 별로 위로가 되지 못했어. 딸을 묻은 다음, 홀로 서 있는 사람의 가족은 애도의 표시로 모든 재산을 포기했단다. 우리 부족 사람들에게 아직도 남아 있는 전통이지. 그 바람에 그의 가족은 가난해졌지만, 마을 사람들은 집을 비롯해 가족에게 필요한 모든 것들을 가져다주었단다. 홀로 서 있는 사람 내외는 자신들이 포기했던 재산을 다시 모으고, 딸의 1주기에 치를 영혼 해방식을 준비하기 위해 정말로 열심히 일을 했다는구나. 부부는 잔치를 준비하고 마을 사람들을 전부 초대했지.

하지만 안타깝게도 홀로 서 있는 사람의 비극은 거기서 끝나지 않았어. 딸의 죽음을 견딜 수 없었던 아내가 어느 날 자살해 버리고 말았단다. 홀로 서 있는 사람과 아들은 망연자실했지. 다시 한 번 그들은 모든 말을 포함해 가지고 있던 전 재산을 포기하고 가난해졌단다. 그런 다음, 홀로 서 있는 사람은 아들을 데리고 마을을 떠났지. 그리고 일 년 동안 둘만 살았다는구나. 그 기간 동안 홀로 서 있는 사람 부자는 사냥을 하고, 말도 몇 마리 장만했지. 그러다가 아내의 일주기가 다가오자 그들은 마을로 돌아와 잔치를 준비했단다. 그리고 다시 한 번 전 재산을 포기했는데, 이번에는 아내를 추모하기 위해서였어.

홀로 서 있는 사람이 멀리 나가 있을 동안 오랫동안 존경받던 나이든 지도자가 족장의 자리에서 물러났단다. 그는 물러나기 전에 마을 사람들에게 홀로 서 있는 사람에게 지도자가 되어 달라고 부탁하라는 조언을 했다지. 그러면서 덧붙이기를, 홀로 서 있는 사람처럼 역경에 맞설 수 있는 사람이라면 누구를 막론하고 역경을 통해 강해졌을 거라고 했단다.

"역경을 통해 얻어진 강인함은 역경이 닥쳤을 때 약해지지 않는 법이오."

그 지도자의 말이야.

그렇게 해서 홀로 서 있는 사람은 마을의 지도자가 되었단다. 전쟁터에서 보여준 용감한 행동이나 살아오면서 이루어낸 승리나 성공 때문이 아니라 삶이 그의 앞길에 던져 놓은 역경에 맞섰던 자세 때문에 지도자가 된 거지.

"제 생각에는 홀로 서 있는 사람이 아주 훌륭한 지도자가 되었을 것 같군요."

"그래, 그랬다고 하더구나. 역경이란 많은 걸 가르쳐 주는 법이니까."

늙은 매가 말을 이었다.

"무언가를 배우기 위해서는 그것으로부터 절대 고개를 돌려서는 안 된다. 삶의 폭풍이 몰고 오는 바람과 추위와 어둠에 맞선다는 게 결코 쉬운 일은 아니지만, 그래도 반드시 그래야 한단다."

참된 강인함은
살아 있다는 것

"폭풍이 거세게 불어올 때면 꿋꿋하게 서 있어야 한단다. 폭풍이 너를 쓰러뜨리려는 것이 아니라 사실은 네게 강해져야 한다는 가르침을 주려는 거야."

제레미는 말없이 앉아서 지평선 바로 밑 안개 속을 응시하고 있었다. 늙은 매는 혼란과 고통 속에서 평화와 자유를 찾고 있는 사람들이 그렇게 아스라한 눈길로 응시하는 모습을 종종 보아왔다. 그의 손자는 지평선 너머나 그 아래 어느 곳을 바라보는 게 아니었다. 그냥 자신이 걸어온 삶의 이곳저곳을 들여다보고 있는 중이었다.

늙은 매가 목을 가다듬었다.

"유니스 할머니가 남편과 자식을 잃었을 때 어떤 기분이었을지 네가 이해하고 있는 것 같구나. 네가 홀로 서 있는 사람의 고통도 충분히 이해하리라 생각한다. 어떻게 생각하면 삶이 너를 쓰러뜨린 셈이기도 하지. 일부러 그러려고 한 건 아닐 테지만 말이다. 우리 큰아이를 잃었을 때 나와 네 할머니의 심정도 그랬단다."

잠시 후 손자가 정신을 차리고 물었다.

"뭐라고요? 할아버지와 할머니가 자식을 잃어버리신 줄은 몰랐는데요."

"그랬단다."

늙은 매가 서글프게 말을 이었다.

"네 엄마의 오빠이자 외삼촌의 형이지. 그 녀석은 봄에 태어났다가 스페인 독감이 휩쓸던 겨울에 죽었단다. 그 당시 독감으로 인해 많은 사람들이 비탄에 빠졌었어. 네 할머니와 나도 그중 하나였고…. 삶이 우리를 쓰러뜨린 꼴이었어. 그 나이 때는 자식의 죽음이 일어날 수 있었던 최악의 시련이었으니까. 네 할머니는 자기가 좋은 엄마 노릇을 제대로 못했다고 자책했단다. 실은 스페인 독감이 나이 많은 늙은이나 아주 어린아이처럼 연약한 사람들을 데려간 것이라 어쩔 수 없는데도 말이다. 아무튼 우리는 서로를 의지하면서 힘든 시간을 견뎌냈단다. 삶이 우리를 쓰러뜨렸지만 우리가 다시 일어선 거지. 그러고 나자, 우리는 그 어린 녀석의 탄생을 통해 남편과 아내의 결속이 견뎌내게 했다는 사실을 깨달았단다. 한편 큰아이의 죽음을 통해서 우리가 강해질 수 있다는 사실을 깨우치게 되었지.

강인함이 노력과 고통의 산물이라는 게 맞다면 대부분 사람들은 강인함을 배울 기회를 가질 수 있겠지. 얘야, 이번에는 너에게 기회가 주어진 거야. 노력이란 폭풍에 대항해서 버티는 것이고, 고통이란 폭풍이 우리를 향해 내던지는 최악의 일들을 견뎌내는 과정에서 비롯되는 거란다. 그리고 강인함도 그때 함께 오는 거야.

폭풍은 영원히 계속되는 게 아닌데도 바람과 추위가 우리를 무자비하게 내리칠 때에는 그렇게 보이는 게 사실이지. 게다가 우리를 넘어뜨리기 위해 온갖 수를 다 쓰고 있는 것처럼 보이기도 하고….

우리는 나자빠져서 폭풍에 항복할 수 있고, 그것이 지나가리라는 걸 알고 다시 한 번 일어서서 그것에 맞설 수도 있단다. 어쩌면 다시 한 번 일어서서 폭풍에 맞서는 행위가 어리석거나 심지어 자기 파괴적인 모습으로 보일 수도 있을 거야. 그렇지만 나는 우리 영혼 어느 구석엔가 번뜩이는 도전 정신이 깃들어 있다고 생각하고 싶어. 폭풍이 그 도전 정신을 일깨움으로써 우리에게 강해지는 법을 가르치는 게 아닐까?

얼마나 거세게 불어닥치든 폭풍에 맞서 대항하다 보면 그것에 저항하기 위해서는 굳이 폭풍만큼 강할 필요가 없다는 사실을 터득하게 될 거야. 그냥 쓰러지지 않고 서 있을 정도로만 강하면 돼. 겁에 질린 채 떨면서 서 있든지, 주먹을 휘두르면서 서 있든지 간에 우리가 서 있는 한은 그만큼 강하다는 뜻이 아니겠니?"

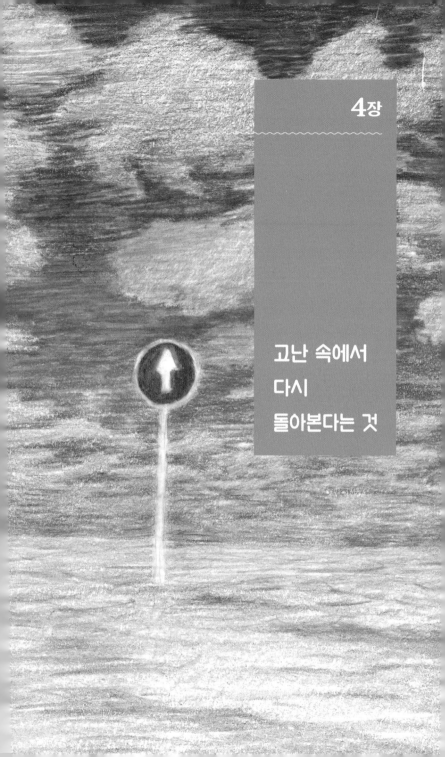

4장

고난 속에서
다시
돌아본다는 것

"

희망을 품어야 할 시간이란 다시 말해서 절망이

우리의 목구멍을 움켜쥐고 있을 때란다. 강하다는 것은

네가 아무리 지쳐 있다 해도 한 걸음 더 내딛는 것을 의미한단다.

여행을 하다 보면 수많은 대목에서 선택해야 할 순간과

부딪치기 마련이야. 멈추거나 그만두거나 포기하는 것은

강제적인 것이 아니라 선택이라는 점을 기억하거라.

"

"우리 큰아이가 죽었을 때…."

늙은 매의 회상이 시작되었다.

"그 당시에는 같은 일로 고통 당한 사람들이 많았단다. 스페인 독감이 북부 평원을 초원의 불길처럼 휩쓸었거든. 우리 부족 사람이든 백인이든 가리지 않고 모두에게 덮쳤지. 다들 서로서로 도왔단다. 죽은 이들을 함께 묻고 울기도 함께했지. 네 할머니와 나는 아직 젊었지만 부모님과 조부모님의 말씀을 들을 정도의 분별력은 지니고 있었어. 그분들은 그날그날을 살되, 절대로 내일 일을 미리 걱정하지 말라고 조언하셨어. 지나간 과거는 돌이킬 수 없다는 말씀도 하셨지.

그래서 우리는 한 번에 하루씩만 살아보자고 서로 다독이면서 결심했지. 그 하루하루를 발판 삼아 마침내 눈물을 흘리지 않고도 아이를 생각할 수 있는 순간에 도달하게 되었단다. 물론 앞으로도 늘 슬프기야 하겠지만, 그것 때문에 더 강인해진 셈이지."

첫걸음

"강하다는 것은 네가 얼마나 지쳐 있든 간에 산꼭대기를 향해 한 걸음 더 내디딘다는 뜻이란다."

제레미는 부드럽게 속삭이는 듯한 발자국 소리에 고개를 돌렸다가 '매 할머니Grandma Hawk'가 금방 끓인 커피 주전자를 들고 다가오는 것을 발견했다. 할머니는 두 사람에게 커피를 따라 준 다음, 사시나무 아래에 자리를 잡았다.

"나도 할 이야기가 하나 있단다."

할머니의 머리는 눈처럼 하얗고, 얼굴은 삶의 여정이 담긴 지도 같았다. 또 반짝이는 눈동자는 손자로 하여금 늘 자신이 중요한 사람이라는 느낌을 갖게 해 주었다.

"너에게 수도 없이 말해 온 것처럼…."

매 할머니가 이야기를 풀어놓기 시작했다.

"네 할아버지는 나보다 열 살이나 많단다. 그런데 우리의 결혼이 미리 정해져 있었다는 사실은 너도 몰랐겠지?"

손자는 그 말을 듣고 놀라면서도 할머니의 수수께끼 같은 미소에 호기심이 생겼다.

"그래. 그랬었지."

할머니가 말을 이었다.

"내 친정어머니가 이 양반 어머니에게 청혼을 하자 시댁 식구들이 합의를 보러 왔단다. 물론 나도 네 할아버지가 따라온 건 봤지만 말 한 마디 붙여볼 기회가 없었지. 그런데 정혼하게 된 이유는 정말로 단순했어. 우리 어머니가 나를 낳으셨을 때는 이미 마흔도 넘은 나이였단다. 그런데 아버지가 그만 사고로 돌아가셨어. 어머니는 만일 당신에게 무슨 일이라도 생기면 나 혼자 세상에 남게 될까 봐 몹시 두려워하셨지.

친정어머니는 네 할아버지를 어릴 때부터 잘 알고 있었어. 이 양반 역시 아주 어릴 때 아버지를 여의게 되었거든. 그 후 시어머니는 재혼을 하셨지만 몇 년 뒤에 새아버지도 돌아가시고 말았어. 그러자 시어머니는 눈이 멀게 되었고, 네 할아버지가 시어머니를 돌보셨지. 내 친정어머니는 이 양반이 얼마나 점잖고 강인한 사람인지 아셨던 거야. 그게 바로 당신께서 시어머니에게 청혼하신 이유였단다.

그나저나 이야기 하나 해 주련?"

※

아주 오래전에 우리 부족의 젊은 처녀 하나가 끈질기게 구혼하는 세 총각을 두고 누구를 골라야 할지 결정하지 못하고 있었다는구나. 처녀의 아버지는 딸에게 어울릴 만한 총각을 고르기 위해 젊은이들을 시험하기로 계획을 세웠단다.

마을 근처에는 꼭대기까지 가려면 매우 긴 비탈길을 올라가야 하는 높은 산이 하나 있었지. 처녀의 아버지는 구혼자들에게 그 산꼭대기까지 일곱 번 올라갔다 내려오라고 요구했단다. 그것도 춥고 비 오는 날 밤에 해야 한다고 했지. 다만 누가 더 빨리 오르느냐 하는 경쟁이 아니고, 산꼭대기에 노인 세 사람이 앉아 있다가 각자 젊은이들이 산꼭대기까지 몇 번 왔는지 세기로 되어 있었어.

그러던 어느 날 제법 많은 비가 내려서 비탈길이 매우 위험해진 상태였는데, 그날 구혼자들은 산에 오르기 시작했단다. 진흙 속을 달린다는 게 결코 쉬운 일은 아니었지만 그래도 젊은이들은 모두 기를 쓰고 나섰어. 세 번째로 꼭대기에 다다랐을 무렵에는 하도 넘어지고 엎어지는 바람에 모두들 진흙을 뒤집어쓴 채 속까지 젖어 있었단다. 다섯 번째 올라 갈 때에는 세 사람 모두 지친 나머지 대부분의 길을 네 발로 엉금엉금 기어갔어. 여섯 번째, 일곱 번째에는 순전히 정신력으로 버텼고….

세 사람 모두 꼭대기까지 일곱 번을 올라갔다가 비탈길 밑으로 내려왔단다. 누가 젊은 처녀와 결혼할 자격이 있느냐는 여전히 의문 속에 남아 있었지. 젊은이들은 처녀의 아버지가 그들에게 요구한 것을 다 해냈다고 믿고 그 자리에 쓰러져 버렸단다.

그런데 처녀의 아버지는 또다시 요구를 하더란다.

"비탈길을 한 번만 더 올라가게."

그 말을 듣고 두 젊은이는 몹시 화를 냈다지.

"시킨 대로 다 했는데, 다시 올라갈 순 없습니다."

한 총각이 강하게 버텼어.

"이젠 완전히 지쳐 버렸습니다."

두 번째 총각도 거들었지.

둘 다 산을 향해 한 발자국도 뗄 수 없었어. 세 번째 젊은이도 기진맥진하기는 마찬가지였지만 그래도 서 있었다는구나. 그러더니 젖 먹던 힘까지 끌어모아 한 걸음 내딛고는 그 자리에 엎어지고 말았지.

내기를 보려고 모였던 사람들이 탈진한 총각들을 집으로 데려다주었단다. 이튿날 아침 세 사람은 모두 자신이 실패했다고 생각하면서 일어났겠지? 그날 오후 처녀의 아버지가 세 번째 총각의 집으로 심부름꾼을 보냈단다.

처녀의 아버지는 세 번째 총각을 골랐는데, 비록 그가 한 걸음만에 엎어지긴 했어도 해보겠다는 정신을 가지고 있었기 때문이란다. 완전히 탈진한 상태였음에도 다시 한 번 시도하는 젊은이라면 자기 딸의 훌륭한 배필이자 한 집안을 책임질 가장이 될 수 있을 만큼 강할 거라고 판단한 거지.

"내가 나의 어머니에게 왜 네 할아버지를 골랐느냐고 물었을 때 그 이야기를 해 주셨단다. 나 역시 나의 혼사가 미리 결정된 것에 대해 한 번도 유감스럽게 생각해 본 적이 없단다. 왜냐하면 우리가 오랫동안 인생이라는 길을 여행하면 할수록 여러 가지 면에서 강해질 수 있다는 사실을 깨달을 수 있기 때문이지. 몸도, 마음도, 정신도 보다 더 강해질 수 있거든.

그런데 젊은 시절에는 사람들이 육체적 힘에 의지하게 된단다. 좀 더 빨리, 좀 더 멀리, 좀 더 높이 가는 걸 강한 것이라고 생각하지. 그래서 육체적 힘을 압도하거나 약화시키는 것으로 문제를 해결하려 든단다. 하지만 더 이상 그렇게 할 수 없는 시기가 오게 마련이야.

결국 우리는 더 이상 예전처럼 빨리, 멀리, 높이 갈 수 없다는 사실을 깨닫게 된단다. 그러면서 이치에 맞게 생각하는 능력과 지성에 의지하는 것이 얼마나 가치 있는 일인지 깨닫게 되지. 막무가내로 덤벼들기보다 이것저것 따져본 다음에 일을 시작하게 되고…. 살과 피와 뼈는 그 힘을 영원히 유지할 수 없지만, 지식은 가능하다는 사실을 깨닫게 된단다. 그렇다고 지식의 힘이란 게 필요하다고 해서 얼마든지 키울 수 있는 것도 아니야.

지식을 쌓는 것이 지혜에 이르는 출발점이란다. 지식이 쌓일수록 근원적인 힘에 도달했다는 깨달음이 점점 생기게 되지. 지식과 마찬가지로 지혜도 성장하거든.

지식이 마음의 힘이라면 지혜는 영혼의 힘이라고 할 수 있을 거야."

이 말과 함께 자리를 뜬 할머니가 풀밭에서 한 줌의 먼지를 일으키면서 멀어져 갔다.

늙은 매가 미소를 지으면서 털어놓았다.

"세 사람의 구혼자 이야기는 오늘 처음 듣는구나. 네 할머니는 항상 놀라운 일들로 가득 찬 사람이지. 나이가 들수록 힘이 어떻게 변하는가에 대한 네 할머니의 말에 나도 동의해. 하지만 그것 말고 다른 것도 더 있단다.

삶이라는 여행의 어느 길목에서 어떤 문제에 관한 우리의 장점이나 약점이 무엇이든 간에 그것이 예방약은 아니라는 점이야. 우리의 앞길에 도전이 닥쳐올 테니까. 도전해 오는 것이 무엇이든, 장애가 무엇이든 우리는 산꼭대기만 바라봐야 한단다.

어쩌면 왜 하필 산꼭대기냐고 물을 수도 있겠구나. 너도 알겠지만, 인생이란 올라야 할 수많은 언덕과 산을 우리 앞에 들이밀고 있단다. 아마 우리의 마음과 정신의 어느 한쪽은 올라가는 게 내려가는 것보다 더 큰 도전이라는 사실을 알고 있을 게다. 목표나 해답이 저 높은 곳에서 기다린다는 사실도 느끼고 있겠지. 거기에 이르기 위해서는 종종 이제까지 단 한 번도 도달하지 못했던 수준까지 자기 자신을 끌어올리는 노력이 필요하단다. 위로 올라가는 데 대한 보상이 훨씬 큰 이유는 내려가는 데에는 힘이 거의 들지 않기 때문이겠지."

"혹시 할아버지는 어떤 일을 하다가 중간에 그만둔 적이 있으세요?"

손자가 물었다.

"물론 있다마다. 그럴 뻔했던 적은 꽤 여러 번이었지."

손자는 그 대답이 신기했다. 할아버지가 무언가를 포기했던 경우를 본 적이 한 번도 없기 때문이다.

"전 할아버지가 무엇인가를 포기하시는 모습을 전혀 기억할 수 없어요. 그럼에도 만일 그러셨다면 무엇 때문에 포기하신 거예요?"

"지쳤기 때문이지."

노인이 솔직하게 털어놓았다.

"마땅히 해야 하는 일인데도 지치고 피곤하고 열정이 다 말라붙었기 때문에 그만두는 거란다. 피로가 우리에게 멈추라고, 그만두라고, 포기하라고 속삭이고 애원하거든.

여행을 하다 보면 지금의 네가 그런 것처럼 수많은 길목에서 선택해야 할 순간과 부딪치게 마련이지. 우리의 선택이 지금의 우리를 만들었다는 사실을 기억해야 한단다. 또 피로가 우리에게 매혹적인 목소리로 속삭일지라도 결국 그만두거나 포기하는 것은 강제적인 결정이 아니라 자신의 선택이라는 점도 기억해야 해.

우리는 항상 한 걸음 더 나아갈 수 있도록 최선을 다해야 한단다. 그것이 아무리 하찮고, 더디고, 고통스럽더라도, 또 우리가 가진 것이라고는 마지막 한 걸음밖에 없다 해도 말이다. 우리는 자신에게 주어진 여행과 우리 자신에게 마지막 한 걸음을 더 내디뎌야 할 빚을 지고 있단다. 마지막으로 한 걸음 더 내디딘 다음에 무엇을 할 것인지 결정하도록 하려무나.

이 여행에서 우리를 기어가도록 했다가 일어서게 만들고, 또 떨리는 첫걸음을 내디디게 한 그 의지, 그 힘, 그 에너지 덕분에 우리가 끝까지 참고 견딜 수 있기 때문이야. 아울러 바로 그 의지와, 바로 그 힘과, 바로 그 에너지와, 우리 안에 숨겨져 있는 악착같은 모습이 우리를 한 걸음 더 나아갈 수 있도록 해 준단다."

눈물은 결코
나약하지 않다

"강하다는 것은 비통해하면서 눈물이 흐르
도록 내버려 둔다는 것을 뜻하니…."

"나는 우리 부족 사람들이 가진 최고의 장점은 어떠한 상
황에서도 웃을 수 있는 능력이라고 생각한단다."

늙은 매가 다시 입을 열었다.

"때로는 그게 아주 어려운 일에 대처하는 유일한 방법일
때도 있지. 어려운 일을 웃어넘김으로써 위기를 버텨내고
조금 쉽게 대처해 나갈 수 있단다. 웃을 수 있는 능력은 우
리의 사기를 북돋워 주고, 비통해할 수 있는 힘은 우리의 마
음을 정화시켜 주지. 비통함을 토로하는 데에는 눈물을 흘
리는 것만 한 게 없단다. 특히 우리 부족 여인네들의 방식을
보면 더욱 그렇단다.

어머니가 옛날에 둘 다 과부가 된 뒤 함께 살게 된 자매

에 대한 이야기를 해 주신 적이 있지. 둘이 함께 늙어가다가 언니가 병이 들었는데, 언니가 죽을 때까지 동생이 줄곧 침대 곁을 지키고 있었다는구나. 언니가 죽자 동생은 영혼 깊은 곳에서 우러나오는 비통함으로 눈물을 흘렸고, 그 통곡이 방안을 가득 채웠단다. 방안에 있던 사람들도 동생과 함께 울었지.

그렇게 한참을 울고 난 다음, 사람들은 눈물을 멈추었단다. 그리고는 여전히 비통해하는 동생을 끌어안고 눈물을 닦아 주었지. 그동안 동생은 다른 사람들의 눈물을 닦아 주었고….

그 자매에 관해 어머니가 들려주신 또 다른 이야기가 기억나는구나. 두 자매는 늘 잘 웃었어. 동생이 웃는 걸 두려워하지 않았기 때문에 우는 것도 두려워하지 않았다는 생각이 드는구나. 재미있는 것은, 몹시 심하게 웃다 보면 눈에서 눈물이 흘러나오지 않더냐? 내 생각엔 어쩐지 웃음과 눈물은 서로 상관이 있는 것 같아. 물론 두 가지 다 우리네 삶속에 반드시 있어야겠지. 세상에 울기 좋아하는 사람은 아무도 없고, 울 거리를 원하는 사람 또한 아무도 없을 게야. 그래도 우는 걸 두려워해서는 안 된다. 반면에 웃을 거리는 열심히 찾아야겠지.

네 외삼촌이 얼마 전에 친한 친구들의 모임에 관한 이야기를 들었단다. 다들 실리적이면서도 서로를 깊이 생각해 주는 친구들이었다는구나."

어느 날 친구들은 그들의 말을 빌리자면 '생존자 기금 survivor's fund'이라는 걸 만들기로 결정했단다. 해마다 모든 친구들이 항아리에 돈을 넣는데, 맨 마지막까지 살아남은 사람이 그 돈을 차지하고 쓰고 싶은 대로 쓰는 거였어. 매년 모든 친구들이 거기에 돈을 넣었고, 세월이 흐르면서 점점 나이가 들자 하나둘씩 죽기 시작했단다. 마침내 단 두 사람만 남게 되자 둘은 그 돈을 어떻게 쓸 것인지를 두고 농담을 주고받았지.

"자네가 마지막 타자라면 무얼 할 작정인가?"

한 친구가 묻자 다른 친구는 잠시 생각한 뒤 말했어.

"나중에 말해 주지."

운이 좋았는지 그 친구는 그 돈으로 무엇을 할 것인지 미처 말하기도 전에 죽어 버렸어.

금을 박아 넣은 관을 만들고, 조문객 전체에게 화려한 연회를 베푸는 등 사치스러운 장례식이 거행되었단다. 예의 상 혼자 남은 친구는 며칠을 기다린 끝에 우승한 돈을 찾으러 은행에 갔어. 해외여행을 갈까, 아니면 고깃배를 하나 살까 행복한 고민을 하면서…. 하지만 알려진 대로 그는 아무것도 할 수 없었단다. 은행의 금고 안에는 땡전 한 푼도 없는 대신에 방금 죽은 친구가 남긴 메모지 한 장만 달랑 들어 있었지.

메모지에 적혀 있는 내용은 이것이야.

"그 문제를 생각해 보았는데, 돈으로 할 수 있는 최고의 장례식을 치르고 싶네."

손자가 저도 모르게 킬킬 웃다가 물었다.

"할아버지, 그래도 죽음을 놓고 웃는다는 건 좀 심하지 않나요?"

"왜?"

늙은 매가 되물었다.

"죽음도 우리를 놓고 웃는데, 우리라고 똑같이 해서는 안
될 이유라도 있니?"

"언젠가 할아버지가 들려주신 대장 이야기가 생각나네요.
그 양반은 죽음을 너무 심각하게 받아들였던 것 같아요."

손자가 말했다.

"그래. 내가 그 이야기를 제대로 기억하고 있는지 어디 한
번 보자꾸나. 켈트족 사람들 이야기였는데, 내용인즉슨 이
랬지."

옛날에 바다 건너 어느 마을에서 전사들의 우두머리 하나
가 싸움터를 천천히 걷고 있었단다. 그가 이끄는 부하들이
큰 승리를 거두었음에도 대장은 엄숙한 얼굴로 돌아다녔지.
그러다가 죽어서 쓰러진 부하의 시체를 보자마자 그 자리
에 주저앉아 시신의 얼굴에서 먼지와 부스러기들을 떼어낸
다음 펑펑 울었다는구나.

다른 부하의 시체 앞에서도 대장은 똑같이 행동했고, 그 후에도 마찬가지였단다. 그리고 살아남은 전사들과 함께 죽은 동료들을 고향으로 데려왔어.

세월이 흐르면서 점점 더 많은 전사들이 대장을 따랐는데, 그가 언제나 훌륭하고 용감한 지도자였기 때문이지. 게다가 뛰어난 판단력의 소유자였기 때문에 싸움터에서도 패전의 경험은 그리 많지 않았단다.

하지만 사람들을 자신의 주위로 모이게 만들고, 그가 이끄는 곳이라면 어디든지 따라가게 만든 것은 비단 용감함이나 뛰어난 판단력 때문만은 아니었단다. 전투에서 죽은 모든 동료들을 위해 울어줄 수 있었기 때문에 사람들이 그를 따른 거지.

잠시 생각에 빠졌던 손자가 입을 열었다.

"음…. 그가 죽음을 매우 심각하게 받아들였다고 말하기가 뭣한데요. 그는 부하들의 죽음을 애통해함으로써 경의를 표했던 것 같아요."

"네 말이 맞는 것 같구나."

늙은 매가 말했다.

"비통해하면서 눈물을 줄줄 흘리는 게 결코 죽음을 인정하는 행위는 아니란다. 저승으로 간 사람들에게 경의를 표하는 방법이지. 아울러 여전히 이승에 남아서 계속 살아가야 할 우리를 도와주는 방법이기도 하고…."

절망을
물리치는 법

"그것은 비록 사방이 온통 캄캄한 절망으로
둘러싸여 있다 해도 계속해서 해결책을 찾는
다는 뜻이란다."

"죽음 말고도 계속 나아가려는 의지를 빼앗을 수 있는 것
들이 있단다."

할아버지의 충고가 이어졌다.

"이를테면 절망 같은 것인데, 희망을 잃는 것보다 사람을
더 무력하게 만드는 건 없기 때문이지. 피로는 몸과 마음을
공격하는 경우가 대부분인 반면, 절망은 주로 영혼을 먹이
로 삼는단다.

그나저나 이것만은 장담할 수 있겠구나. 절망에 굴복하지
않는 사람은 한 번 실패했다고 해서 오랫동안 다른 일을 하
지 못하거나 그 기억에 짓눌리는 일은 없을 거야. 그러고 보

니 지금 너에게 보석을 찾아 길을 나섰다가 다른 것도 발견한 두 젊은이 이야기를 들려주면 적당할 것 같구나."

두 젊은이가 초원에서 출발해 서쪽으로 여행을 떠나서 높고 험해서 사람의 접근을 쉽게 허락하지 않는 깊은 산속으로 들어갔단다. 그들은 검은 돌을 찾는 중이었지. 그들보다 앞서 그 길에 나섰던 사람들이 어느 길로 가야 할지를 알려주었단다.

수많은 나라에서 검은 돌을 탐내고 있었는데, 그걸로 만든 칼, 창끝 그리고 화살촉들이 다른 돌로 만든 것보다 훨씬 날카롭고 단단했기 때문이지. 그런데 그 돌이 있는 지역은 대지가 부글거리면서 끓다가 뜨거운 물이 하늘로 흘러 들어가는 곳인데, 북쪽에 있는 산맥의 산 중턱 딱 한 군데밖에 없었단다. 또 그 산중턱은 초원에 사는 사람들에게는 알려지지 않은 나라의 영토 깊숙한 곳에 있었지. 그들보다 앞서 검은 돌을 찾아 여행길에 나섰던 젊은이들이 모두 돌아오지 못했다는구나. 그만큼 위험한 여행이었어.

"두 발 혹은 네 발 달린 적보다 훨씬 큰 위험이 기다리고 있을 걸세."

출발하기 전날 저녁에 마을의 원로 한 사람이 단단히 주의를 주었단다.

형제간이었던 두 젊은이는 여행을 시작하려는 차에 노인의 말을 듣고 몹시 당황스러웠지.

한 달도 되지 않아 형제는 북쪽 산에 도착했단다. 검은 돌이 있다는 산 중턱에 이르렀을 때에는 여름이 거의 끝나갈 무렵이었지. 형제는 들키지 않고 숨어서 이동하는 데 능숙했고, 그림자처럼 초원을 건너서 숲속으로 들어갔어.

형제는 각자 한 자루씩 검은 돌을 가득 채웠단다. 그런 다음에 잠시 쉬려고 인가에서 떨어진 곳에 천막을 치고 집으로 돌아갈 준비를 했어. 하지만 산으로 오는 도중에는 노련하게 잘 피했던 역경이 돌아가는 길에 기다리고 있었단다.

우선 산 끝자락에서 느닷없이 나타난 거대한 곰으로 시작되었어. 형제는 산을 뛰어 내려가는 것 외에는 다른 대책이 없었지. 그렇게 간신히 피하기는 했지만, 동생은 이미 검은 돌이 든 자루와 무기를 잃어버린 뒤였어. 이어서 갑작스레 홍수가 닥쳤단다. 며칠 동안 억수 같은 비가 내리자 형제는 피난처를 구하지 않을 수 없었는데, 산속의 작은 개울이 소용돌이치는 급류로 변해 있었단다. 느닷없는 홍수를 피해 두 사람은 높은 소나무 위로 올라가야 했다는구나.

마침내 형제가 산에서 내려왔을 때에는 여름이 다 지나가고 순식간에 가을이 와 있었지. 그들의 머리 위로는 북쪽의 커다란 회백색 거위들이 남쪽을 향해 날아가고 있었어.

돌아오는 길에 배가 고파서 사냥을 하던 형제는 그만 적들의 눈에 띄고 말았단다. 그들이 할 수 있는 유일한 대책은 압도적인 숫자의 적으로부터 도망치는 수밖에 없었지. 며칠 동안 쉬지 않고 죽기 살기로 달려온 나머지 심하게 탈진한 데다 굶주림으로 쇠약해져 있었어. 게다가 평소보다 일찍 시작된 가을이 찬바람을 몰고 오면서 밤마다 살을 에는 듯한 추위에 시달렸고. 이따금 운이 좋을 때는 동굴이나 구덩이를 찾아 그 안에서 밤을 보낼 수 있었지만, 대개는 세찬 비바람을 맞으며 밤을 지새우곤 했어.

그런 상황에서도 형제는 계속 도망쳐야 했고, 신발이 너덜너덜해지도록 몇 날 며칠을 달린 끝에 마침내 적을 피할 수 있었단다.

그러던 어느 날 오후 잠시 쉬려고 멈추었는데, 형이 자기 뒤로 서쪽을 가리키면서 다급하게 말했어.

"누군가 쫓아오고 있어!"

동생은 한참 동안 뒤를 돌아보고 또 살펴봐도 아무것도

보이지 않았지. 하지만 형이 한 번도 거짓말을 한 적이 없었기 때문에 형의 말을 믿었단다.

"어서 도망쳐야겠다. 저길 봐. 저기! 우리 뒤를 따라오고 있잖아!"

형이 외쳤어.

동생은 아무리 눈을 부릅뜨고 살펴도 아무것도 보이질 않았어. 얼마 후 두 사람은 안락한 집과 가족과의 만남을 고대하면서 집으로 오는 길로 접어들었단다. 비록 형제가 힘이 세고 건장한 젊은이라 해도 여러 날을 먹지 못하고 쉬지 못한 까닭에 그 대가를 치러야 했다는구나. 얼마 못 가서 계속 쉬어야 했거든.

"저기! 저놈이 더 가까워지고 있다! 저놈이 우리를 덮치기 전에 도망쳐야 돼!"

형이 소리를 질렀단다.

동생 눈에는 여전히 아무것도 보이지 않았지만, 형의 얼굴에 드러난 공포를 보고 동생은 놀라서 형을 따라갔단다. 동생은 그때까지 한 번도 형이 두려워하는 모습을 본 적이 없었다는구나.

완전히 기진맥진한 상태였지만, 그래도 형제는 더 이상 달릴 수 없을 때까지 비틀거리면서 달리다가 마침내 밤새

도록 쓰러져 있었어. 그런데 형이 나무 뒤에서 공처럼 몸을 웅크린 채 훌쩍이면서 하소연을 했어.

"저놈이 아직도 오고 있어! 들어봐!"

형은 공포에 사로잡힌 나머지 몸을 따뜻하게 보호해야 함에도 동생에게 불을 피우지 말아 달라고 사정했단다.

"저놈이 우리를 볼 거야!"

형은 흐느끼면서 하소연했어.

어둠 속에서 무슨 소리가 조금만 들려도 형은 깜짝깜짝 놀라서 훌쩍거리며 숨어버리곤 했지. 또 돌이나 막대기를 움켜쥐고 있다가 어둠 속에 숨어 있다는 적을 향해 던지기도 하고….

그러다가 탈진한 형제는 순식간에 곯아떨어졌는데, 해가 뜨자마자 형이 또 소리를 지르기 시작했어.

"봐라! 저놈이 자랐구나! 저놈이 더 커졌어!"

동생은 공포에 사로잡힌 형의 걸음을 따라잡느라 젖 먹던 힘까지 끌어모아야 했단다. 형은 넘어졌다가 일어설 수 없게 되자, 공포에 질린 채 훌쩍이고 중얼거리면서 계속 기어갔어. 얼마 지나지 않아 그의 손과 무릎에 상처가 나고 피가 흘렀지. 그런데도 형은 시도 때도 없이 뒤를 힐끔거리면서 그때마다 공포로 얼굴을 일그러뜨렸어.

하지만 여전히 동생의 눈에는 아무것도 보이지 않았단다.

공포에 사로잡힌 채 며칠을 보내고 나자 이제는 두려움조차 형을 움직이게 할 수 없었어. 흐트러진 더미 위에 누운 채 형은 자기 눈에만 보이는 무시무시한 적을 올려다보면서 온몸을 부들부들 떨었단다. 눈알을 희번덕거리면서 탈진한 채 졸도하는 순간에도 떨리는 손가락으로 적을 가리키면서 경고하더란다.

"저놈이 우리 둘 다 죽일 거야! 저놈은 거인이라고!"

자다가 일어난 동생은 눈을 비비면서 형이 말하는 거인을 찾아보려고 했지.

"저기다!"

형이 어떤 지점을 가리키면서 고함을 질렀단다.

동생이 돌아보니 가까이 다가오고 있는 어둑어둑한 형체가 보였어. 거인은 아니었지만 무언가 두려운 대상이라는 느낌이 확 들었지. 동생은 급히 뒤로 물러서려고 하다가 마음속 무언가가 어두운 그림자를 향해 비틀거리면서 앞으로 나아가게 만들었단다. 그 무언가는 동생에게 그림자가 거인으로 자랄 수 있다고 소곤댔어.

"안 돼! 꺼져 버려! 나는 네가 뭔지 알고 있다! 꺼져 버리라니까!"

동생은 자루를 뒤져서 돌을 움켜쥐더니 어둑어둑한 형체를 향해 하나씩 집어던졌단다. 그가 돌을 하나씩 던질 때마다 그 형체도 점점 작아지더니 마침내 아무 흔적도 없이 사라져버렸어. 그래도 동생은 검은 돌을 모조리 집어던졌단다. 하지만 마을 사람들이 대부분의 돌을 잃어버린 것에 실망하리라는 걸 알고 나중에 약간은 도로 거두어들였어.

지친 다리를 끌고 비틀거리면서 동생이 불을 피울 나무를 구해왔단다. 엄청난 노력을 기울인 끝에 간신히 불쏘시개를 만들어서 마침내 실낱같은 깜부기불을 너울거리는 불꽃으로 살려 냈지. 불길이 타오르자 동생은 형을 불 가까이로 데려와서 따뜻한 열기가 새 나가지 않도록 그의 뒷쪽에 나무로 벽을 세웠단다. 그런 다음 동생 역시 잠이 들었지. 동생은 자신들을 쫓아왔던 게 무엇인지 알았고, 그것들이 다시는 돌아오지 않으리라는 것도 알았어.

동생이 잠에서 깨어나 보니 날은 이미 저물고 작은 불씨만 가물거리고 있었어. 그는 나뭇가지를 더 올려서 불길을 살려낸 다음, 밤새 깨어서 불이 꺼지지 않도록 살폈단다. 그러다가 새벽이 되어서야 개울물을 찾아 마시고 갈증을 쫓아냈지.

아무튼 다행히 형제는 자기 나라의 영토로 들어왔단다.

형이 자다 깨다 하는 와중에 두 사람은 천막에서 여러 날을 쉬었단다. 동생이 용케 덫으로 토끼를 잡아서 구웠고, 먹을 것이 조금 들어가자 형제도 기운을 되찾았어.

어느 날 오후 형이 별안간 잠에서 깨어나 벌떡 일어섰는데, 흥분한 눈빛과 겁에 잔뜩 질린 얼굴이었단다.

"거인은 갔어요! 멀리 갔다고요! 내가 그놈을 쫓아냈다니까요."

동생이 형을 달랬어.

"네가 그걸 어떻게 아냐?"

형이 아직도 겁에 질린 채 물었지.

"그 거인은 두려움이 만들어 낸 거였어요. 우리가 그놈을 만든 거라고요."

동생이 설명해 주었단다.

"그런데 네가 어떻게 쫓아버렸단 말이냐?"

형이 다시 물었지.

"검은 돌을 던질 때마다 그놈이 도망가기를 바라면서 던졌더니 그놈이 가 버리던데요. 자, 여기 고기가 있어요. 내가 한 번 더 나가서 사냥을 해 가지고 올게요. 그걸 먹으면 힘이 솟아날 거예요. 그런 다음에 우리의 여행을 끝내도록 합시다."

그리하여 형제는 거의 두 달 만에 집으로 돌아왔단다. 며칠 쉬고 난 다음, 형제는 마을 원로의 집을 방문해서 자신들이 겪은 이야기를 들려주었단다. 이어 간신히 들고 온 검은 돌 한 주먹을 선물로 내놓았어. 속으로 자신들의 실패에 대해 야단맞을 준비를 하면서….

"검은 돌도 가질 만한 가치가 있는 것이기는 하지. 그렇지만 이번 여행을 통해 얻은 진정한 보상은 돌로 가득 찬 자루가 아니라네."

마을 원로가 형제를 위로해 주었어.

"자네들이 나가서 보고 겪은 일들이야말로 고달픈 삶의 여정 어디에서나 우리 모두를 기다리고 있는 것들이기 때문이지. 인생이란 참으로 힘든 길이라네."

"절망이었습니다."

동생이 말했단다.

"저희들이 본 것은 절망이었습니다. 그런데 절망은 우리가 어디서 그것을 찾게 될지 어떻게 알았을까요?"

"절망은 우리 안에 머물러 있기 때문이라네. 그것은 어떤 장소에 존재하는 게 아니라 아무 희망도 없는 것처럼 보이는 상황에서 우리의 정신이 나약해지는 그 순간 가운데 존재한다네. 그런 순간에 나타나는 거지."

"돌이 아니라면, 그럼 이번 여행의 보상이 무엇이란 말인가요?"

이번에는 형이 물었단다.

"절망이 우리 안에 머물러 있을 걸세. 하지만 절망을 물리치는 방법인 희망 또한 마찬가지라네. 자네들은 희망이 절망을 물리칠 수 있다는 사실을 깨닫지 않았는가? 그거야말로 진정 가치 있는 보상이지."

노인의 대답이었어.

다시 떠오르는
희망

"강하다는 것은 다시 한 번 심장이 고동치기를, 다시 한 번 태양이 떠오르기를 간절히 바란다는 뜻이니⋯."

"살다 보면 우리 모두 그 형제와 마찬가지로 그런 순간에 부딪치게 된단다."

늙은 매가 말했다.

"하지만 심장이 한 번 뛰고 난 뒤의 고요함 속에서 삶은 다음번 박동을 위해 힘을 끌어모으고 있다는 사실을 기억해야 해. 다시 말해 희망을 품어야 할 시간이란, 말하자면 절망이 우리의 목구멍을 움켜쥐고 있을 때란다. 우리 자신을 추슬러야 하는 때라고 할 수 있지."

"왜 그래야만 하나요?"

제레미가 물었다.

"희망이란 삶을 유지시켜 주는 생기거든."

늙은 매가 대답했다.

"희망을 품을 수 있는 능력이야말로 삶이 주는 최고의 선물 가운데 하나란다. 모든 일이 잘 끝나리라고, 우리가 계획한 대로 이룰 수 있으리라고 희망하는 순간 우리는 바라는 결과를 얻을 수 있는 보험에 든 것이나 마찬가지지.

희망이란 한 사람만 독점해서 가질 수 있는 게 아니란다. 사회적 지위나 재산과 상관없이 누구나 가질 수 있는 거야. 노예는 자유를 바라고, 부자는 행복하기를 희망하지. 그래도 희망은 주로 짓밟힌 자들의 친구가 되어 주었단다. 희망은 실패나 비극을 겪어본 사람의 가슴속에 들어 있거나 힘겨워 보이는 길을 걷는 사람들이 품고 있는 경우가 많단다. 다른 말로 하자면, 우리 모두 추위를 피할 피난처를 바라고 고통으로부터 자유롭기를 바라며, 무거운 짐을 벗어버리기를, 한 번만 더 기회가 오기를, 잘못을 바로잡을 기회를 한 번만이라도 더 갖게 되기를 바랐던 상황에 처한 적이 있었다는 뜻이겠지.

희망한다고 해서 항상 바라는 결과가 오리라는 보장은 없단다. 모든 노예가 다 자유를 얻거나 모든 부자가 다 행복을 얻는 것은 아니야. 그래도 우리가 희망을 갖지도 않고, 또 가질 수도 없다면 그거야말로 역경에게 더 큰 빌미를 제공하는 셈이지.

검은 돌을 찾아가는 이야기 속의 형은 몸을 웅크린 채 그만둘 준비가 되어 있는 사람이었어. 반면 동생은 생기를 찾은 사람이지. 사람은 누구나 다 그 형제와 같단다. 우리의 일부는 절망에 항복하지만, 나머지 다른 부분이 생기를 발견하지 않더냐?

그러니, 애야. 어떤 일이 일어나든 간에 희망에 매달려야 한다. 태양은 다시 떠오른다는 사실을, 네가 그 태양을 볼 수 있도록 희망이 도와줄 거라는 사실을 명심해야 돼."

그다음
걸음

"한 걸음 한 걸음이 얼마나 힘이 든다 해도
그것이야말로 산꼭대기까지 좀 더 다가가는
한 걸음이란다."

늙은 매가 평평한 초원 한가운데 낮게 솟아오른 언덕 꼭
대기를 가리키며 제레미에게 물었다.

"저 언덕까지 가는 데 몇 걸음이나 걸어야 할 것 같으냐?"

손자가 거리를 가늠해 보다가 고개를 가로저으며 말했다.

"잘 모르겠네요. 한 천 걸음 정도?"

"사실 몇 걸음이나 걸어야 하는지가 가장 중요한 문제는
아닐 거야."

노인이 넌지시 말했다.

"무엇보다 걸음을 내디딘다는 사실이 더 중요해. 그럼 저
언덕을 향해 내딛는 첫 번째 걸음과 꼭대기에 도달하는 맨

마지막 걸음 중 어느 게 더 중요할까?"

"음…, 할아버지는 언제나 제게 시작한 일을 끝내는 게 중요하다고 하셨잖아요? 그러니까 첫걸음이나 마지막 걸음이나 똑같이 중요하겠죠."

"그럴 수도 있지."

노인은 수긍하고 나서 말을 이었다.

"그런데 여행을 하는 데 있어서 첫걸음이나 마지막 한 걸음보다 더 중요한 게 있지 않니? 그 사이에 놓인 걸음들 말이야. 바꿔 말하면 '그다음 걸음'은 또 어떨까?"

"그다음 걸음이란 무슨 뜻인가요?"

"저 언덕 꼭대기까지 가는 데 천 걸음을 걸어야 한다고 해보자. 네가 보폭을 넓게 하면 그보다 줄어들 것이고, 좁게 하면 그보다 늘어나겠지?"

"말씀의 의도가 궁금해지네요."

"어느 것이 더 중요할까? 얼마나 넓은가 또는 좁은가 하는 보폭의 크기일까, 아니면 걸음 수일까? 어쩌면 그냥 한 걸음 한 걸음씩 걸어서 계속 나아간다는 사실이 더 중요할 듯하고…."

노인은 하던 말을 멈추고, 손자에게 잠시 생각할 시간을 주었다.

"제 생각에는 보폭이 크든 작든 한 걸음 또 한 걸음씩 계속 나아가는 게 더 중요할 것 같은데요."

젊은이가 내린 결론이었다.

"맞아. 그게 바로 우리가 어디든지 이르게 되는 방법이란다. 대륙을 횡단해서 여행하든지, 가고자 하는 목적지를 향하든지 말이다."

늙은 매가 단호하게 말을 이었다.

"그것이 바로 희망이 작용하는 방법이야. 희망은 노력을 이끌어 내고, 그렇게 하도록 우리를 설득하지. 희망을 가진 덕분에 우리는 몸을 앞으로 내밀고 한 걸음 더 내디딜 수 있는 거란다.

그 한 걸음이 앞에 놓인 저 너머 어느 곳으로든 우리를 데려다 준단다. 그럴 때에 그곳까지의 거리가 가깝든 멀든 아무 문제가 되지 않아.

항상 단번에 문제를 해결하려고 하거나 장애물을 극복해야 할 필요는 없단다. 일련의 자잘한 승리와 작은 걸음들이 모이다 보면 결국 똑같은 목표를 이루게 될 테니까. 목표를 위해 언덕 꼭대기까지 단번에 뛰어오를 필요가 없고, 정해진 걸음 수를 따라야 할 필요도 없어. 이 방법을 쓰든 저 방법을 쓰든 꼭대기에 오르기만 하면 되거든.

희망이란 언제나 한 걸음 더 내디디는 것이고, 돌멩이 하나라도 더 던지는 것이란다. 몇 해 전 읽은 이야기가 생각나는구나."

✺

바다 건너 강이 보이는 산자락에 마을이 하나 있었지. 그 골짜기 주민들은 이웃 마을 농부들과 잘 협력한 덕분에 꽤 잘살고 있었단다. 주민들은 많은 양의 밀을 갈아서 마을 제분소에서 밀가루로 만들었는데, 강물의 힘으로 제분소의 맷돌 바퀴를 돌렸다는구나. 마을 사람들과 이웃 농부들은 그렇게 만든 밀가루를 대륙 너머 상인들에게 팔았지.

그러던 어느 해 봄 평소보다 비가 많이 오더니 강 수위가 점점 높아지는 게 보이더란다. 비가 그치지 않는다면 밀밭에 홍수가 나서 갈아야 할 밀도, 팔아야 할 밀가루도 없어지게 될 판이었지.

마을 원로들과 이웃 농부들, 골짜기 모든 주민들은 줄기차게 내리는 비로 인해 강물이 점점 불어나는 것을 속수무책으로 바라볼 수밖에 없었지. 마을 회의실은 홍수 문제를 의논하려는 골짜기 사람들로 가득 찼단다. 농부들은 생계를 걱정했고, 골짜기 주민들은 비가 그치지 않을 경우 집까지 잃게 될까 봐 두려워했어. 회의실에 모인 사람들은 부족회의에서 즉각적인 해결책을 제시해 주기를 바랐지.

활발하게 논의가 진행되는 도중에 머리가 하얗게 센 늙은 노파가 들어오더니 천천히 앞으로 걸어가는 거야. 수수한 차림이었는데도 노파의 모습이 눈에 확 띄었단다. 그런데 방에 있던 사람들의 눈길을 끈 것은 노파가 아니라 팔에 안고 들어온 커다란 돌이었어.

이전에 그 노파를 본 사람은 아무도 없었다는데, 면식도 없는 노파가 왜 커다란 돌을 들고 왔는지 의아했단다. 갑작스런 일에 어안이 벙벙해진 듯 방안은 조용해졌어. 노파가 입을 열자 부드러운 목소리가 방안 구석구석까지 울려 퍼졌단다.

"이 골짜기에는 많은 사람들이 살고 있지요. 만일 모든 사람들이 산자락으로 가서 각자 능력껏 가장 큰 돌을 가지고 돌아온다면, 아마 범람하는 물길을 바꾸어놓을 수 있을 거예요. 제일 낮은 강둑에 그 돌들을 줄을 맞춰서 최대한 높이 쌓아 보세요."

그렇게 말한 백발의 노파는 회의실을 나가서 돌을 강둑에 놓았단다. 그런 다음, 노파는 고지대에 있는 마을로 떠나 버렸지.

몇몇 사람들은 노파의 말에 코웃음을 쳤지만, 어떤 사람들은 그 말에 일리가 있다고 생각했어. 이내 많은 사람들이 강둑에 놓을 돌을 가지러 산자락으로 갔단다. 남녀노소 가리지 않고 긴 행렬을 지어 걸어갔고, 두 번 이상 다녀온 사람들도 제법 많았지. 반면에 나머지 사람들은 돌을 쌓아봤자 헛수고라고 여기면서 강물이 둑 위로 넘치기 전에 도망갈 준비를 하느라 짐을 싸러 집으로 갔단다. 해가 질 때까지 많은 사람들이 골짜기를 떠났어. 노파의 조언을 따르던 사람들은 여전히 손으로 들거나 수레를 이용해서 돌을 강둑에 날랐단다. 그 덕에 강가의 가장 낮은 강둑에는 수천 개의 돌이 쌓였어.

비는 여전히 쉬지 않고 내렸고, 강물은 돌에 부딪치고 돌을 밀어내면서 서서히 불어났단다. 비가 점점 더 거세지자 몇몇 사람들이 돌 옮기기를 포기하고 앞서 떠난 사람들처럼 도망을 갔지. 하지만 밀밭과 집을 지키려던 몇몇 사람들은 여전히 둑을 쌓아 올리기 위해 산자락에서 돌을 나르고 있었다는구나. 그들의 헌신적인 노력에도 불구하고 둑이 모든 물을 막아낼 만큼 높지는 않았어. 그래도 강물의 범람을 막을 수 있을 정도는 되었단다. 비록 들판 일부에 큰물이 저

서 범람한 물이 마을 가장자리까지 오기는 했지만, 그래도 대부분의 밀밭을 건졌고 많은 집들이 멀쩡할 수 있었어. 그 후로는 차츰 비가 그치기 시작했고 더 이상 강물이 불어나지 않았지.

마을의 원로들은 노파의 조언에 감사를 전하고 싶었단다. 안타깝게도 고지대에 있는 마을로 보낸 심부름꾼은 노파를 찾지 못했다는구나. 두 번 다시 노파를 본 사람은 없었어.

수몰 위기에서 벗어난 걸 기념하기 위해 마을 사람들은 돌로 된 둑을 그대로 남겨 두기로 결정했단다. 몇몇 사람들은 좀 더 개선해서 튼튼하게 만들고 싶어 했지. 또다시 강물이 범람하게 될지 누가 아느냐고 하면서… 아무튼 사람들은 재앙으로부터 어떻게 스스로를 구할 수 있었는지 잊어버리지 않기 위해 마을 광장에 기념비를 세우기로 했단다. 매우 단순한 기념비였는데, 커다란 통나무를 똑바로 세운 것이었지.

통나무 옆면에는 노파의 얼굴이 새겨져 있었고, 꼭대기에는 둑에서 가져온 돌 하나가 얹혀 있었어.

손자가 고개를 끄덕였는데, 그 이야기를 알고 있기 때문이었다.

"통나무 꼭대기에 놓인 그 돌은 희망을 상징하는 것이죠."

"잘 알고 있구나."

늙은 매가 맞장구쳤다.

"돌 하나로는 강물이 범람하는 걸 막을 수 없다. 하지만 수많은 돌로는 가능했지. 따지고 보면 그것도 돌 하나로 시작하지 않았더냐?

희망도 우리에게 그렇게 작용한단다. 한 번에 돌 하나씩, 한 번에 한 걸음씩 말이다. 돌이 크든 작든, 한 걸음이 얼마나 쉽든 어렵든 그건 아무 상관없어."

"하지만 마을 주민들이 전부 동참한 건 아니잖아요? 많은 사람들이 도망갔다면서요?"

손자가 늙은 매에게 상기시켜 주었다.

"그들은 홍수와의 싸움에서 어떤 희망도 발견하지 못한 걸까요?"

"그랬을 게야."

노인이 대답했다.

"내 생각에는 희망과 절망 사이에 어떤 공간이 있는 것 같더구나. 우리는 어느 쪽으로도 갈 수 있지. 도망간 사람들은 그것이 자신을 살려낼 유일한 길이라고 여겼을 테고, 남아서 둑을 쌓은 사람들은 그 일이야말로 모두를 구하는 길이라고 생각했겠지. 사람들 가운데는 절망에 굴복하는 사람이 있는가 하면, 희망을 가지고 행동하는 사람도 으레 있는 법이야. 나로 말하면, 대개 희망이 아주 중요한 차이를 만든다고 믿고 싶구나."

고통 속에 피어나는
한 줄기 빛

"한 번에 한 번만 더 심장이 고동치기를 바라는 마음을 계속 품고 있는 것이 다음 해돋이의 광명으로, 새로운 날에 대한 약속으로 이끄는 것이란다."

"좀 더 나중이 아니라 보다 일찌감치 삶이 만만치 않다는 것을 깨닫게 되는 법이지."

늙은 매가 다시 입을 열었다.

손자도 묵묵히 동의했다. 아버지가 죽기 전에 다른 어려움도 있었다. 당시 제레미는 대학을 다닐 때 융자 받은 학자금을 갚는 중이었다. 그 바람에 대학원에 가고 싶었지만 2년이나 더 학비를 댈 자신이 없었다. 그러다가 알래스카에 있는 고등학교에 취직해서 학생들을 가르치게 되면서부터 월급이 두 배가량 올랐다. 하지만 생활비가 전보다 많이 드는 데다 집과 조부모로부터 멀리 떨어져 지내는 것도 그에게는 썩 내키지 않았다.

"그렇지만…."

노인이 말을 이었다.

"만일 우리 여행에서 역경이 별로 없고 별다른 장애도 겪지 않는다면 우리가 얻는 것이 무엇이든 간에 그다지 소중해 보이지 않을 거야. 재산이든, 지위든, 명예든, 아니면 다른 어떤 것이라 해도 말이다. 우리가 역경을 몰랐다면 희망의 가치도 못 배웠을 테지.

세상이 시작된 이래로 태양은 우리가 믿고 의지할 수 있을 만큼 규칙적으로 정확하게 뜨고 진단다. 그런데도 앞으로 얼마나 더 많은 날이 올지는 아무도 모르지 않더냐? 사람들이 정말로 알아야 할 건 하루하루가 우리에게 새로운 기회가 될 수 있다는 점이야. 그것으로 무얼 하느냐는 우리 각자에게 달려 있는 문제이고….

네 사촌이 해외에서 귀국한 뒤 깨달은 것처럼 시간이란 게 짐이 될 수 있고, 반대로 선물도 될 수 있단다."

네 사촌은 무지막지하게 치러진 격렬한 전투에서 살아 남았는데, 그 와중에 전쟁의 비인간성과 추악함을 목격했 단다. 전투에서 돌아온 후 날마다 자책했는데, 자기는 이렇 게 살아 있는데 다른 전우들은 왜 죽어야 했는지 의문을 품 었지. 엄청난 죄책감과 함께 어렸을 때부터 배운 가치, 특히 인간 생명의 존엄성에 대해 의심하게 되었단다.

그는 전쟁의 기억이 불러일으키는 냄새와 환청과 환영으 로 인해 밤낮 고통스러워했단다. 밤이면 전투 장면이 너무 나 생생하게 꿈에 나타나는 바람에 잠이 드는 걸 두려워했 지. 그나마 술을 마시면 죄책감이 무뎌지거나 끔찍한 기억 을 잊게 해 주기 때문에 도피처로 삼았어.

그렇게 여러 달 동안 죄책감과 고통과 절망에 시달린 끝 에 급기야 생을 마감할 궁리까지 하게 되었단다. 어느 날 한 밤중에 술에 취해 인사불성이 되어 어떻게 집에까지 왔는 지 기억이 없는 가운데 부모님의 방에서 깨어났단다. 눈을 떠 보니 그의 옆에는 어머니가 앉아 있었어. 네 외숙모 말 이다. 젖은 수건으로 아들의 얼굴에 흐르는 땀을 부드럽게 닦아 주고 있었어. 어머니의 부드러운 손길에 마음속에 품 고 있던 분노와 부정의 벽이 허물어지면서 아들은 소리내 어 울기 시작했단다. 그가 울면서 털어놓기를, 전우들에 대한 기억을 떠올리게 하는 고통스러운 환영이나 꿈을 더 이상 직면하기 힘들었다고 했대.

더 이상 눈물이 나오지 않을 때까지 울고 나자 네 외숙모가 아들의 얼굴을 손으로 감싸면서 말했다는구나.

"그 친구들의 얼굴을 외면하지 마라. 그냥 네 꿈속으로 들어오게 내버려 두렴. 그들을 네 가슴속에 품어 주려무나. 모두 다 네 친구고, 네 동료 병사들 아니었니? 너희 모두는 그게 좋은 것이든 나쁜 것이든, 혹은 말할 수 없는 것이든 간에 무언가를 함께 나누어 가지고 있단다. 너 때문에 내 가슴이 아무리 찢어진다 한들 네가 보고 겪었던 일들을 내가 무슨 수로 알겠니?

친구들이 너에게 오는 것은 그들이 이 세상에 남겨 놓은 유일한 연고緣故가 바로 너이기 때문일지도 몰라. 이제 그 친구들에게 그게 너한테 얼마나 힘든 일인지 말해 주렴. 그럼 친구들도 이해할 거다. 그리고 나서 너 자신을 위해서만 아니라 친구들을 위해서라도 너의 삶을 살아라. 친구들이 너의 심장 박동으로 가져다준 선물, 즉 네게 주어진 선물을 존중하렴.

과거를 바꿀 수 있는 건 아무것도 없지만, 최선을 다해서 현재를 살다 보면 미래는 좀 더 편안하게 만들 수 있단다.

날이 밝으면 일어나서 어깨를 펴고 다가오는 것들에 대해 용감하게 맞서렴. 너 혼자서만 그것에 맞서야 하는 건 아니란다. 네가 그 길을 한 걸음 한 걸음씩 걸어가는 동안 네 친구들이 늘 함께할 테니까."

그날 밤 이후로 네 사촌은 몇 날, 몇 달 동안 종종 어머니의 조언을 떠올리곤 했단다. 그리고 마음 깊이 어머니의 조언을 받아들였지. 매일 잠자리에 들 때마다 그렇게 날이 지나가도록 내버려 두었단다. 또 앞으로 무슨 일이 일어날지에 대해서도 걱정을 내려놓았어. 네 사촌이 할 수 있는 최선이라면 무슨 일이든 닥쳤을 때 잘 견뎌낼 힘을 달라고 기도하고 바라는 것이었지.

쉽지는 않았지만 네 사촌은 자신이 어디로 가고 있는지 깨닫게 되었단다. 그러다가 어느 날 밤 막 잠이 들려는 순간 몇 년 만에 처음으로 다가오는 내일을 간절히 바라고 있는 자신을 발견한 거야. 그 순간 이후로 그는 그날그날을 가능성이 열려 있는 약속으로 받아들이게 되었다고 하더라.

네 사촌이 어느 날 내게 말하기를, 가능성은 희망의 산물이라고 했다. 어떻게 희망을 가져야 하는지 어머니가 가르쳐 주었다고 했지. 어머니는 자신에게 새로운 하루하루가 살아갈 만한 가치가 있다는 걸 알려 주었다면서….

내 생각에는 네 외숙모가 그에게 다른 것도 덤으로 가르친 것 같구나. 끈질기게 희망을 품는 것이야말로 계속 나아가는 방법이라는 사실을⋯."

5장

인생을
관조한다는
것

"

승산이 별로 없는 상황을 맞이했을 때 한 걸음 더

내딛는 것이 아무리 쓸데없는 짓 같다는 생각이 들더라도

우리는 그렇게 해야만 한단다. 그것이 얼마나 미비하건 간에

우리가 한 걸음만 더 내디딜 수 있으면 한 걸음 앞으로

나갈 수 있는 가능성도 얼마든지 있어.

결국 그런 발걸음이 하나의 차이를 만든단다.

"

제레미는 문득 오후가 거의 다 지나가 버렸다는 사실을 깨달았다. 태양은 어느덧 서쪽으로 기울어지고 있었다. 하지만 적어도 오늘만큼은 시간이 아깝지 않았다. 손자는 남은 시간을 늙은 사시나무 그늘에서 오래도록 할아버지와 함께 보낼 수 있도록 오늘 하루가 끝나지 않기를 바라고 있었다.

물론 바람과 달리 사시나무 그늘 너머에는 자신만의 여행이 기다리고 있다는 현실도 잘 알고 있었다.

손자의 기분을 알아차린 늙은 매가 몸을 앞으로 기울인 채 손자의 무릎을 꽉 잡았다.

"삶이 저 너머에서 기다리고 있구나."

부드럽게 말문을 열었다.

"내가 해 보지 못한 일들을 경험하게 될 네가 부럽구나. 앞으로 네가 얻게 될 지식이 내 것보다 훨씬 대단할 거야."

"그럴 것 같진 않은데요. 할아버지."

손자가 이의를 제기했다.

"허허. 너는 충분히 할 수 있단다. 왜냐하면 모든 사람은 다 자기보다 앞서간 사람들의 어깨 위에 서 있는 셈이거든. 나는 아버지와 할아버지가 모르던 것까지 알고 있는데, 그건 당신들이 거기서부터 나아갈 수 있도록 기반을 제공해 주었기 때문이지. 게다가 그분들이 태어난 이래로 세상이 많이 바뀌기도 했고…. 그렇다고 해서 내가 그분들보다 더 현명하다는 뜻은 아니란다. 내가 바랄 수 있는 최선이라면 언젠가 그분들만큼 지혜로워지고 싶다는 거지. 그게 바로 내가 기대하는 여행이란다."

"우리 아버지는 지혜로운 분이셨나요?"

손자가 물었다.

"물론이지."

늙은 매가 대답했다.

"네 아비는 지혜로울 뿐만 아니라 육체적으로나 정신적으로 강인한 사람이었다. 생각이 무척 깊으면서 아주 영적인 사람이기도 했지. 또 많은 이들의 호감을 얻기도 했고…. 하지만 내가 늘 기억하는 네 아비의 모습은 완강함이란다."

"완강함이라뇨? 왜 하필 그건가요?"

"아범이 아내에게 한 약속을 지킨 것 때문이지."

손자는 순간적으로 목구멍에서부터 울컥하는 것을 느꼈다.

'그래. 어머니와 약속하셨지.'

문득 최근의 기억이 제레미를 휩쌌다. 아버지가 죽기 세 달 전, 그와 어머니는 아버지가 언제라도 돌아가실 수 있다는 말을 들었다. 아버지에게 들리지 않을 걸로 생각하고 나눈 대화였는데, 그만 아버지의 귀에 들리게 되었다.

아버지는 시한부 선고를 엿듣고 분노하거나 낙담하기보다 간단한 약속을 어머니에게 하셨다.

"걱정하지 말아요."

아버지가 어머니에게 말했다.

"우리 결혼기념일까지는 버틸 테니까."

가족 모두 미소를 지으면서 고개를 끄덕였지만, 그것이 불가능하다는 사실을 알고 있었다. 결혼기념일은 넉 달이나 남았기 때문이다.

아버지는 석 달이나 더 버텨내서 모든 이들을 놀라게 했다. 그 당시에는 뼈만 앙상하게 남은 채 몸무게가 사십 킬로

그램밖에 나가지 않았다. 여러 친척들이 와서 몇 시간씩 곁에 있다 갔고, 가족들도 줄곧 곁을 지켰다. 모두 아버지의 살날이 얼마 남지 않았다고 믿었다. 그럼에도 아버지는 약으로도 이겨내기 힘든 고통을 수도 없이 겪으면서 끈질기게 버텨냈다.

아버지의 조용한 약속이 많은 사람들로 하여금 눈물짓게 했다. 무려 넉 달이나 고통으로 점철된 하루하루를 보내고 또다시 승산 없는 다음 날에 맞서야 했기 때문이다.

결혼기념일 저녁, 온 집안 친척들과 친구들이 모여 들었다. 자정이 막 지났을 무렵 어머니가 침대에 몸을 기울인 채 아버지의 귀에 소곤거리는 모습이 눈에 띄었다. 아버지에게 한 말이었지만, 제레미는 그 말을 평생 잊을 수 없을 것 같

왔다.

"결혼기념일 축하해요. 여보, 사랑해요."

어머니가 속삭였다.

그 순간 잠시나마 고통이 사라진 듯 아버지의 눈이 맑게 빛나는 것을 보았다. 곧이어 아버지가 고개를 끄덕이면서 미소를 짓더니 영원히 눈을 감았다.

"아버지가 날마다 겪어야 했던 고통을 생각만 해도 몸서리가 쳐져요."

손자가 그 순간을 회상하며 할아버지의 말에 수긍했다.

"저 같으면 그렇게 할 수 없었을 거예요. 이제 생각해 보니 아버지를 버텨내도록 이끈 게 완강함이었을 것 같네요."

"그것이 육체적 싸움만은 아니었다는 생각이 드는구나."

늙은 매가 말했다.

"만일 육체적인 문제였다면 네 아버지는 결혼기념일까지 버텨내지 못했을 거야. 내 생각에 아마도 어느 시점에서는 완강함이 다져진 정신이 그 싸움을 넘겨받았던 게 아닐까?

너, 고등학교 때 장거리 경주 선수였지? 그때 다리가 통나무처럼 뻣뻣해져서 더 이상 한 발자국도 내디딜 수 없었던 적이 많지 않았니? 다리 근육이 그만두자고 신음하던 그 순간에 무슨 일이 일어났었지?"

손자는 그가 달렸던 경기들과 용케 우승할 수 있었던 장면들을 돌이켜보았다.

'맞아!'

그가 중얼거렸다.

"어느 순간부터는 다른 무언가가 넘겨받았어요. 일종의 힘 같은 걸 얻었는데, 육체적인 힘과는 다른 종류였죠. 아무튼 고통을 이겨내고 일어선 다음, 가슴으로 공기를 들이마시면서 계속 달렸어요."

"그게 바로 네 아버지가 한 일이 아닐까?"

늙은 매가 물었다.

"음…, 아버지가 하신 일은 저보다 훨씬 대단한 거죠. 저하고는 비교가 안 돼요."

손자가 한숨을 쉬면서 대답했다.

"그럴지도 모르지."

노인은 동의했다.

"이제야 네가 아버지가 무엇을 어떻게 했는지 이해한 것 같구나."

아버지가 나지막하게 속삭이던 약속이 머릿속으로 뚜렷하게 들려오는 걸 느끼면서 손자가 고개를 끄덕였다. 잠시 후 자세를 가다듬고 똑바로 앉았다.

한 번에
한 걸음씩

"산꼭대기를 향해, 해돋이를 향해, 희망을 향

해 내디딘 가장 연약한 한 걸음이 가장 맹렬

한 폭풍보다 훨씬 강하단다."

　손자가 눈물을 닦는 동안 사시나무 이파리들이 바스락거
리며 한숨을 쉬는 것 같았다.

"생의 마지막 순간까지 네 아버지는 너에게 가르쳐 주려
고 애썼단다."

　할아버지가 설명을 이어갔다.

"따지고 보면 우리 모두에게 가르쳐 준 거야. 네 아버지처
럼 고통에 맞서서 그런 용기와 품위를 보여 준 사람을 별로
본 적이 없구나. 네 아버지는 죽음을 두려워하진 않았지만,
고통은 두려워했단다. 그래도 날마다 고통에 맞설 수 있었
던 이유는 약속 때문이지.

네 어머니와 약속을 지킴으로써 우리가 얼마나 약하고 어떻게 생각하는지에 상관없이 우리가 강해질 수 있다는 걸 보여주었단다. 네 아버지는 매우 쇠약해진 상태에서조차 죽음이 접근하지 못하도록 했지. 죽음을 피해 보려고 애쓴 게 아니라 그저 약속을 지키려고 했던 거란다. 네 달 동안 약속이 네 아버지를 죽음보다 더 강하게 만들지 않았니?

흔히 사람들은 상황에 짓눌리다 보면 조금 시도해 보고 그만두거나 시도 자체를 포기하기도 하지만, 그래봤자 마찬가지일 거라고 속단하는 경우가 많단다. 조금이라도 노력해 보는 것과 아무 노력도 하지 않는 것의 차이가 얼마나 큰지 모르는 게지. 성공하느냐 실패하느냐를 가름 짓는 차이가 될 수도 있는데 말이다.

노력하지 않고 아무것도 하지 않으면 이루는 것 또한 없는 법이야. 말하자면 희망이 없다는 뜻인데, 이것이 사태를 악화시키는 요인이 되기도 하지. 노력하지 않는 것은 자신을 배신하는 행위란다. 아무 노력도 하지 않는다면 우리는 자신에게 있어 최악의 적이 되는 셈이야. 만일 우리가 한 걸음도 내딛지 않거나 그런 노력조차 하지 않는다면 이는 패배의 구덩이로 승리를 던져 버리는 것과 마찬가지란다.

그래서 우리는 승산이 별로 없는 상황에 부딪쳐 한 걸음 더 내딛는 것이 아무 쓸데없는 짓처럼 보여도 그렇게 해야 한단다. 도무지 일어날 수 없는 일들은 겉으로 보기에는 쓸데없는 것처럼 보이는 노력으로 한 걸음 더 내디딜 때 이루어진단다. 얼마나 더디든, 또 얼마나 작든 간에 한 걸음만 내디딜 수 있으면 한 걸음 더 내디딜 수 있는 가능성이 생기는 거야.

궁극으로 그런 한 걸음 한 걸음이 차이를 만든다. 성공이란 대개 소소한 것들이 모여서 이루어지는 경우가 대부분이거든.

산골짜기 마을 사람들과 그들이 돌로 만든 둑을 기억해 두면 좋겠구나. 그 둑은 희망을 가지고 행동한 사람들이 합심해서 이룬 노력을 상징하는 거란다. 하나하나의 돌이 작은 한 걸음인 셈인데, 그것이 새로운 한 걸음을 이끌어 내고 결국엔 강물의 범람을 막지 않았니?

인생이란 한 번에 한 걸음씩 걸어가는 여행이란다. 가끔은 쉬울 때도 있지만, 어려운 상황이 너무 많지. 그래도 한 걸음씩 내디디면서 이 여행을 걸어가면 좋겠구나. '천 리 길도 한 걸음부터'라는 말도 있잖니? 한 걸음이 어느 정도 보폭이어야 하는지, 어떠한 속도로 걸음을 떼어야 할지에 대한 규칙은 없어. 또 우리의 발걸음이 언제나 씩씩해야 한다는 법도 없고. 인생은 우리에게 그저 한 번에 한 걸음씩만 걸으라고 요구하고 있단다.

때로는 목표가 뚜렷한 걸음을 성큼성큼 힘차게 내디딜 수도 있단다. 그런가 하면 길 자체가 너무 험해서 우리가 아무리 강하고 튼튼하다 해도 기어갈 수밖에 없을 때도 있고…. 너도 알다시피 여행이라는 것 자체가 우리를 지치게 만드는 경우도 많단다. 그럴 때 한 걸음이 아무리 하찮고 대수롭지 않게 보여도 절대로 위축되거나 물러서지 말아야 해.

아무리 크고 거센 폭풍이나 역경이라 해도 가장 연약한 발걸음 하나마저 쉽게 쓰러뜨리지 못하는 법이란다. 그것이야말로 희망의 표현이거든. 너의 한 걸음 한 걸음은 기도에 대한 응답이고, 캄캄한 절망에 도전하는 불꽃이야.

어둠을 거스르는 자가 되도록 하렴."

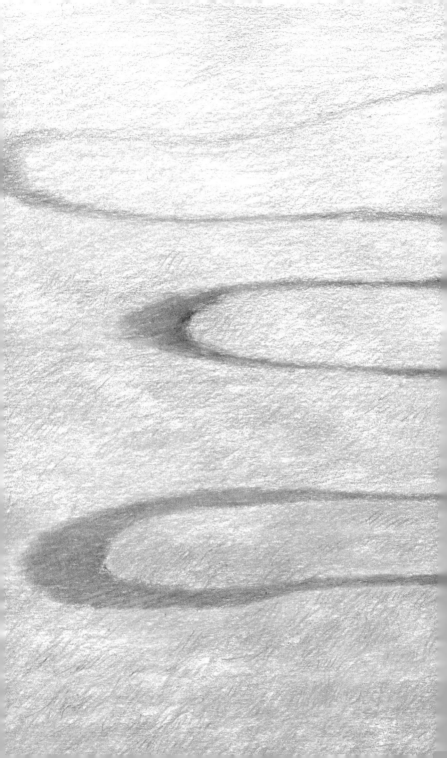

6장

그래도
삶은
계속된다

66

모든 계단에 누구나 금방 알아볼 수 있을 만큼

눈에 띄는 표지가 있었단다. 앞선 석수장이들의 뒤를 이어

또 다른 석수장이들이 왜 그 작업을 계속하게 되었는지

설명해 주는 거였어. 각 계단의 맨 아래쪽에는

이 말이 새겨져 있었다는구나.

그래도 계속 가라.

99

늙은 매가 풀밭 너머로 그림자를 길게 뻗치고 있는 사시나무를 가리키면서 말했다.

"오늘 하루 태양의 여행도 거의 끝나가고 있구나. 좋은 날이었다. 나야 오늘이 끝나지 않기를 바라지만, 내일은 또 내일대로 새로운 하루가 시작되겠지."

손자는 긴 그림자를 물끄러미 바라보았다. 하루가 빠르게 지나가고 있다는, 반박할 수 없는 증거였다. 그의 마음속에는 할아버지의 조언과 이야기에서 비롯된 무수한 장면들이 회오리바람 속의 나뭇잎처럼 소용돌이쳤다.

"조만간 다시 한 번 이야기를 나누자꾸나."

늙은 매가 약속했다.

"그때까지는 오늘의 일을 가슴속에 새기면 좋겠구나. 너를 기다리고 있는 여행을 하다가 언제 어느 때라도 다시 이야기를 나눌 수 있을 게야. 이제 마지막으로 이 할아버지가 오늘을 마무리하는 몇 마디만 하게 해 다오."

손자는 미소를 지으면서 기다렸다.

끈질기게
버티어내는 삶

"그래도 계속 가라."

"강물은 대개 눈에 잘 띄지 않는 작은 개울에서부터 조용히 여행을 시작한단다. 하지만 자신이 가야 할 길을 찾겠다고 단단히 결심한 구도자와 같지. 강물은 장애에 굴복할 줄 모르는 놈이라서 장애물이 일시적으로 방해할 순 있겠지만 멈추게 할 수는 없단다.

봄이 되면 산에서 녹아 흐르는 눈 때문에 강물이 불어나면서 거세지지. 봄과 여름에 내리는 비는 강물에 더욱 힘을 실어 주게 되고…. 하지만 비나 눈이 적은 계절에는 흐르는 속도만 느려지는 게 아니라 때로는 한낱 실개울에 불과할 때도 있단다. 그럼에도 강물은 스스로 만든 길을 따라 굴하지 않고 흘러가다가 필요하면 새로운 길을 개척해 나가기도 한단다. 도저히 멈출 수 없는 녀석이지.

강은 넓을 수도, 좁을 수도, 깊을 수도, 얕을 수도, 또 빠를 수도, 느릴 수도 있단다. 그런데 그 모든 특징 가운데 두 가지가 가장 돋보이지. 자신의 길을 스스로 만들어간다는 점과 가차 없이 흐른다는 점이 그거야. 겨울엔 눈이 내리고 봄이 되어 비가 오고 지구의 중력이 존재하는 한 강물은 변함없이 흐를 테고 그렇게 계속 버텨나갈 거야."

할아버지는 잠시 멈추었다가 다시 말을 이었다.

"우리 주변에서 단단한 의지를 보여주는 게 강물만은 아니란다. 둘러보면 제법 많이 볼 수 있지. 꼭 사계절처럼 말이다.

대체로 인류 문명을 보면 계절의 순환이 부활의 계절인 봄부터 시작한다고 여기는 경우가 많더구나. 온갖 생물이 부활하고 삶도 계속 이어지지. 계절 또한 마찬가지고. 봄을 이어 여름이 오고, 다시 가을이 오고, 그리고 겨울이 오지 않니?

이 순환에 대한 자각은 우리가 누구든 어떤 사람이든 간에 태어나면서부터 우리 내면에 지니고 있단다. 그리고 다양한 방법과 의식으로 순환을 기념하지. 그런데 계절이 결코 끝나지 않는다는 사실을 사람들은 별로 의식하지 않는 것 같더라. 계절은 끊임없이 다가왔다가 흘러간단다. 그걸 인내의 증거로 받아들일 수 있는데도, 사람들은 대부분 끊임없는 계절의 순환을 당연한 것으로 여기더구나.

들소도 계절의 순환을 기념한단다. 겨우 몇 세대 전만 해도 들소 떼의 발굽 소리에 이곳의 천지가 흔들렸던 때가 있었어. 그놈들이 얼마나 많았는지는 아무도 몰라. 들소 떼가 얼마나 엄청났는지, 지평선 이쪽에서 저쪽 끝까지 온통 새까맣게 뒤덮여 있었지. 말 그대로 들소는 대평원에 살고 있던 수많은 원주민들의 삶의 원천이 되었단다."

이백 년 전 대평원에서 한 떼의 사냥꾼이 북쪽에 있는 두 강의 합류점 위에 서 있었단다. '하얀 땅 강White Earth River'과 '연기 나는 땅 강Smoking Earth River'이었지. 사냥꾼들은 온종일 서로 반대 방향으로 이동하고 있는 어마어마하게 많은 두 떼의 들소를 바라보고 있었어. 한 무리는 남서쪽으로 이동하고 다른 무리는 남동쪽으로 가고 있었단다. 가을 햇살을 받아 반짝반짝 빛나는 풀밭에 시커먼 행렬이 한도 끝도 없이 이어지는 모습은 장관이었다는구나.

사냥꾼들은 두 떼가 강 부근에서 만날 거라고 짐작했단

다. 그리고 분명 이제까지 한 번도 보지 못한 엄청난 혼란이 거기서 일어나리라고 예상했지. 무슨 일이 벌어지는지 보려고 기다렸단다.

하나는 서쪽에서, 다른 하나는 동쪽에서 들소 떼가 서서히 다가왔단다. 그러더니 사냥꾼들의 예상대로 두 떼가 강의 북쪽에서 만났어. 그런데 놀랍게도 어마어마한 두 행렬이 서로 상대방의 사이로 지나가는 거야. 조금도 길을 벗어나지 않은 채 서로 엇갈려 가더란다. 사냥꾼들은 산등성이에서 두 떼의 들소가 질서정연하게 각자 제 갈 길을 가는 모습을 지켜보았단다. 암만 눈을 씻고 보아도 혼란이라곤 조금도 없었어. 강가에 이르자 그 어마어마한 무리가 물을 마시기 위해 잠깐 멈추었을 뿐, 다시 계속 이동하더란다.

사냥꾼들은 몹시 충격을 받았지. 해가 질 때까지 두 떼의 들소는 여전히 제 길을 가고 있었고….

어쩌면 삶의 비결은 끈기 있게 버티는 것이 아닐까 싶구나. 강물처럼 계절은 돌고 또 돌면서 계속 흐르고 있지. 마치 들소 떼처럼….

"삶은 계속 진행되고 있지."

늙은 매가 말했다.

"하지만 그 반대일 수도 있단다. 삶은 우리에게 여행을 마련해 줄 뿐만 아니라 여행할 이유도 제공해 준단다. 성공, 권력, 명예, 영향력, 부, 만족감, 목표 등이 그 이유가 아닐까? 그래 놓고는 우리 앞길에 장애물과 도전장을 던지고 실패하게 만들려고 하지.

우리는 정해진 양의 실패와 성공을 부여받고 여행을 시작하는 게 아니야. 그런데도 많은 사람들은 일정량의 성공이나 실패를 경험하고 나면 여행이 곧 끝날 것처럼 착각하는 경우가 많더구나. 흔히들 삶은 우리가 얼마나 훌륭하게 성공했는지, 또는 얼마나 비참하게 실패했는지에 따라 우리를 평가한다고 생각하지."

늙은 매의 말이 이어졌다.

"그런데 그것과 달리 삶은 우리를 전혀 평가하지 않는단다. 적어도 우리가 자신을 평가하는 것과 같은 방식은 아니라는 거야. 어쩌면 삶은 우리가 성공하거나 실패하는 걸 기대하지도 않을 거야. 그저 전체에 더하거나 빼기 위해 우리가 여행하기를 바라지 않을까? 달리 말하면 삶의 마지막에 이르면 우리는 우리 뒤에 오는 사람들에게 저마다 하나의 본보기가 될 거라는 말이야. 유감스럽게도 우리들 가운데 몇몇은 어떻게 살지 말아야 하는지를 보여주는 예가 될 수도 있겠지. 나머지 사람들은 어떻게 살아야 하는가를 보여주는 예가 될 테고…."

노인은 담배쌈지를 뒤져서 붉은 버드나무 속껍질과 담배 싸는 종이를 꺼내더니 담배 하나를 더 말았다. 한 모금 빨고 나서 다시 한 번 눈을 가느스름하게 뜬 채 아스라이 먼 곳을 바라보았다. 손자는 자신이 바라보던 곳으로 할아버지의 시선이 향하고 있다는 것을 알았다.

늙은 매가 손자에게 시선을 돌렸다.

"마지막으로 하나만 더 이야기하고 끝내자꾸나."

경치 좋은 두 산맥 사이 넓고 아름다운 골짜기에 마을이 하나 있었단다. 마을에는 다양한 부류의 사람들이 저마다 목표를 추구하면서 살고 있었지. 농부, 사냥꾼, 학자, 철학자, 교사, 의사, 식물학자 그리고 서로 다른 기능을 지닌 수많은 장인들이 있었어. 그 마을은 건축술로 유명한 곳이었다는구나. 마을의 주택과 공공건물은 어디를 가든지 가장 아름다운 곳에 둘러싸여 있었지.

그런데 마을로 들어오는 주요 간선 도로를 따라 여행자들을 환영하는 큰 표지판이 있었는데, 거기에는 석수장이의 작은 망치와 끌이 새겨져 있다더구나. 그 망치와 끌에 얽힌 사연을 듣고 나면 인내의 가치가 무엇인지 알게 될 거야.

마을이 지금처럼 커지기 오래전 어느 여름에 한 젊은이가 마을과 골짜기가 내려다보이는 가장 높은 산봉우리에 올라갔단다. 산에서 내려오자 그는 자신이 봉우리에서 바라본 놀랍도록 멋진 광경을 설명해 주었지. 그러면서 독수리처럼 높이 올라가서 내려다본 마을 정경이 몹시 감동적이었다고 했어. 그 바람에 사람들 모두 당연히 최고봉에 올라가서 마을을 내려다보고 싶어 했지.

하지만 봉우리에 올라가는 일은 아주 위험했어. 여러 사람이 자빠지고 넘어졌고, 심지어 죽은 사람도 있었단다. 결국 더 이상 아무도 올라가려고 하지 않았어. 그러자 봉우리에 올라갔던 젊은이는 사람들의 호기심을 채워 주기 위해 자신이 보았던 광경을 그림으로 그렸단다. 하지만 화가가 아니었던지라 그의 조악한 그림은 사람들에게 오히려 실망만 자아냈어.

그러던 어느 날 한 석수장이가 좋은 생각을 떠올렸단다.

산비탈에 있는 화강암으로 최고봉까지 이르는 계단을 깎아보자고 제안한 거지. 하지만 대부분 사람들은 그런 일이 자신의 평생에 완성될 수 없을 거라며 그의 생각을 비웃었어.

석수장이는 사람들의 말에 조금도 아랑곳하지 않은 채 첫번째 계단을 깎기 시작했단다. 계단의 높이는 사람 키의 절반 정도였고 넓이와 깊이도 그만했다더구나. 석수장이는 그것을 거의 일 년 만에 끝냈단다. 그 후에도 시간이 남을 때면 망치와 끌을 들고 산비탈로 가서 끈질기게 계단을 깎았지. 그래봤자 여름과 가을에만 작업을 할 수 있었고, 그나마 날씨가 좋아야만 가능했단다. 일의 진척은 당연히 무척 느렸어. 십 년 동안 겨우 계단 세 개만 완성할 수 있었으니까.

석수장이가 처음 계단을 깎기 시작했을 때는 이미 중년을 넘긴 나이였단다. 그가 네 번째 계단을 끝마쳤을 때는 이미 노인이 되어 있었지. 많은 사람들은 그가 죽으면 이 어리석은 짓도 끝날 거라고 생각했어. 그러다가 좀 더 젊은 사내하나가 그 일을 이어받겠다고 나서자 마을 사람들은 놀라자빠질 뻔했다는구나. 그렇게 해서 계단 깎는 일이 계속되었다는데, 마을 사람들의 조롱도 여전했단다. 어느 누구도젊은 사내를 도와주지 않았어.

젊은 석수장이가 계단을 몇 개 더 만들었을 무렵엔 그의 나이도 중년을 넘어서고 있었단다. 그런데 또 다른 사람이 그 일을 계속하겠다고 나서자 마을 사람들은 이해할 수 없었어. 앞서 두 사람과 마찬가지로 새로운 석수장이도 혼자서 일했단다.

대부분 마을 사람들은 석수장이와 계단을 무시했어. 아무도 그와 상종하지 않는 바람에 석수장이는 본업을 위한 일감을 찾느라 고생깨나 했단다. 돈벌이를 위해 어쩔 수 없이 다른 마을로 돌아다녀야 했지만, 그래도 계단 깎는 일만큼은 포기하지 않았단다.

머지않아 신식 문물인 자동차가 마을에 등장했지. 말과 말이 끄는 이륜마차, 수레, 사륜마차, 또 수동식 농기구들이 서서히 시대의 뒤안길로 사라졌단다. 그 뒤를 이어 마을 사람들은 길가에 세워진 가로등 기둥에서 호롱불을 끌어내리는 대신, 전기를 이용한 새로운 가로등을 설치했어. 세월이 흐르면서 온갖 종류의 신기술과 신문명이 마을에 들어왔을 테고….

하지만 산허리에 계단을 깎는 일만큼은 방해도, 도움도 받지 않은 채 계속되었단다. 마을 사람들을 가장 놀라게 한 것은 그 일을 이어서 하겠다는 석수장이들이 계속 나타난다는 사실이야. 언제나 새로운 석수장이가 등장해 이전 사람을 대신했지. 그렇게 해서 계단 깎는 일은 마을 사람들로 부터 어떤 도움이나 방해 없이 계속 진행되었어. 간혹 마을 카페나 상점에서는 그 문제를 놓고 열띤 공방이 이루어지 곤 했는데, 계단을 만들기 위해 산비탈의 화강암을 깎는 석 수장이가 입방아에 오르내리는 거야 당연한 일이었겠지. 맨 처음 석수장이는 제법 사근사근했지만, 나머지 석수장이들 은 꼭 필요할 때 외에는 마을 사람들과 잘 어울리지도 않았 다는구나. 계단에 대한 그들의 생각이야 어떻든 간에 오랜 세월이 흐르면서 마을 사람들은 모든 석수장이에게서 하나 의 공통점을 발견할 수 있었어. 그들이 지금까지 보았던 누 구보다 대단한 의지를 지닌 사람들이라는 점이야.

계단을 깎는 일은 급속도로 발전하는 기술 문명에 비해 한참이나 느려터지게 진행되었단다. 비행기도 처음에는 진 기한 물건이었지만, 이제는 평범한 게 되어 버렸지. 얼마 전 에는 용감하고 진취적인 마을 사람 몇몇이 비행기 조종법 을 배웠단다. 얼마 지나지 않아 많은 사람들은 비행기를 타 고 산꼭대기보다 마을이 훨씬 더 드라마틱하게 내려다보이 는 상공에서 볼 수 있었어. 그래도 석수장이는 작업을 그만 두지 않았다는구나.

이제 마을에는 맨 처음 석수장이가 첫 번째 계단을 깎을 때 살았던 사람들의 증손자들이 살고 있었고, 계단도 산허리를 따라 제법 높은 데까지 올라가 있었지. 실제로 맨 꼭대기 계단은 이따금 구름이 산을 덮을 때마다 잘 보이지 않을 정도였어.

오랜 세월이 흐르는 동안 거의 쉰 명 가까운 석수장이들이 계단을 위해 땀과 눈물과 때로는 피까지 바쳤단다. 비나 눈, 바람이나 추위 때문에 불가능한 경우를 제외하고는 쉬지 않고 작업이 이루어졌지. 그러다가 계단이 너무 높은 곳까지 올라가자 마지막 석수장이는 산비탈에서 야영을 할 수밖에 없었단다.

그러던 어느 날 지치고 흐트러진 행색에 햇볕 때문에 얼굴은 갈색으로 타고 고된 작업으로 두 손에 못 자국이 선명한 석수장이가 마을 읍장의 사무실로 걸어 들어왔단다. 그러더니 읍장에게 다 낡은 망치와 닳아빠진 끌을 선물로 주었어.

"일이 다 끝났소이다."

석공의 선언이었어.

"이 도구는 첫 번째 석수장이의 것이었소. 다른 사람들이 작업을 이어받을 때마다 이것들도 같이 넘겨받았소. 이 마을에 드리는 우리의 선물이오. 이제 작업이 다 끝났으니 말이오."

그렇게 말한 후 석수장이는 마을을 떠났고, 두 번 다시 볼 순 없었단다.

마을 사람들은 다시 한 번 깜짝 놀랐지. 계단이 산꼭대기 최고봉까지 이어지리라고 기대한 사람은 아무도 없었거든. 어떤 사람들은 마지막 석수장이가 작업을 포기했다고 생각하면서 실제로 계단이 완성되었다는 사실을 믿지 못하겠다고 말하기도 했단다.

진실을 확인하는 방법은 하나밖에 없겠지.

읍장은 젊은 사람 둘을 지명해 계단을 올라갔다 내려오라고 하면서 그 과정을 촬영해 오라고 했단다. 제법 공식적인 축하 행사를 가진 후 여정이 시작되었지. 그런데 그 과정이 쉽지 않았다는구나. 계단을 한 칸씩 오를 때마다 사다리를

조립해서 날라야 했는데, 계단 하나가 사람 키의 절반쯤 되는 데다 폭과 넓이도 그와 비슷했기 때문이란다.

이틀 후 두 젊은이는 정상에 올라서 사진기에 마을의 풍경을 담았단다. 맨 처음 석수장이의 꿈이 이루어지던 순간이었지. 다시 이틀 후에 두 사람은 마을로 내려와서 계단이 실제로 산꼭대기의 최고봉까지 닿아 있다고 보고했단다.

수백 개의 계단을 일일이 찍어놓은 사진이 전시되자 마을 사람들이 그것을 보기 위해 몰려들었지. 가장 인기가 좋았던 사진은 산허리로 길게, 쉬지 않고 굽이치면서 올라가다가 구름 속으로 사라지는 일련의 계단들을 찍은 것이었어. 얼마 지나지 않아 마을을 상징하는 특징이 될 장면이었지. 그런데 하나같이 모든 계단에는 누구나 금방 알아볼 수 있도록 눈에 띄는 표지가 있었다는구나. 그거야말로 왜 앞 석수장이의 뒤를 이어 또 다른 석수장이가 그 작업을 계속하게 되었는지 설명해 주는 것이었지.

각 계단의 맨 아래쪽에 딱 두 마디가 새겨져 있었단다.

'그래도 계속 가라Keep Going.'

그래도 계속 가라

손자가 마지막으로 한 가지 질문을 덧붙였다.

"저도 할아버지처럼 삶과 죽음에 대해 이해할 수 있을까요?"

"네가 오래 살기만 한다면야. 당연히 그렇지."

노인이 대답을 이었다.

"종종 이런저런 일들을 좀 더 분명하게 이해했으면 하고 바랄 때가 있단다. 하지만 내 여행이 아직 끝나지 않았으니 아마 좀 더 배우는 것들도 있겠지. 그래도 이것만은 확실히 알고 있단다. 만일 우리가 삶을 이해한다면 죽음도 이해하게 된다는 사실이지."

"이해한다는 게 도대체 뭔가요?"

손자가 따지듯 물었다.

"제가 아는 한, 아버지는 제 명대로 다 살지 못했어요. 왜 죽음이 기다려 줄 수 없었을까요?"

"죽음을 비난해서는 안 된단다."

노인이 달래듯 말을 받았다.

"네 아버지를 데려간 건 병이었다. 죽음은 흔히 우리가 선택한 것들의 결과인 경우가 많단다. 어떤 이는 술을 마시고 운전대를 잡았다가 수도 없이 운전하고 다녔던 굽은 길을 놓치기도 하지. 따지고 보면 우리는 태어나는 날부터 죽어가고 있는 셈이란다. 그런데도 대부분 사람들이 그 진실을 두려워하는 것은 죽음을 적이라고 배웠기 때문일 게다.

내 아버지는…, 너의 증조할아버지 말이다. 옛날에 의사였단다. 그런데 돌아가시기 전에 어머니에게 부탁하시기를, 당신을 나무로 만든 관에 넣어서 묻어달라고 하셨다는구나. 아버지는 당신의 육신이 떠나온 흙으로 아무런 방해 없이 다시 돌아가고 싶으셨던 거야. 많은 이들이 죽음을 끝이라고 생각하지. 하지만 아버지는 죽음을 하나의 여행을 끝내고 다음 여행을 시작하는 과정으로 여기신 거란다. 그러니 철제 관은 죽음을 거부하는 것으로 여겨졌겠지. 유해를 흙으로 돌아가지 못하게 하니 말이다.

우리나라의 어떤 묘지를 가보더라도 이 사회가 죽음을 거부한다는 사실을 확인할 수 있을 거다. 모두들 자신이 사랑했던 사람들을 대리석이나 화강암 아니면 철제 납골당에 묻어 주지 않니? 그것이 그들에게 마지막으로 해 줄 수 있는 사랑의 표시라고 생각하면서…. 아버지가 가르쳐 주신 덕분인지 내 눈에는 그게 지상의 여행을 제대로 끝내지 못하게 방해하는 것처럼 보이더구나. 다음 세상으로 영적인 여행을 시작하는 데 좋지 않은 영향을 미칠 것 같기도 하고 말이야.

내 아버지는 죽음을 두려워하지 않으셨단다. 우리 모두가 늘 그렇듯 삶을 두려워한 것 같았지만 말이다. 아버지는 실패와 병환 그리고 아내가 없는 삶을 두려워하셨지. 또 이런 저런 상황에서 최선을 다하지 않은 건 아닐까라고 간간이 걱정하셨지만, 죽는 것만큼은 전혀 두려워하지 않으셨단다.

우리는 사고나 병 또는 전쟁으로 죽을 수 있고 늙어서 죽을 수도 있단다. 또 누군가의 손에 의해 죽을 수 있고 자신의 손으로 죽일 수도 있단다. 흔히 어떤 사람에 대해 최종적인 평가를 내릴 때 그가 어떻게 죽었느냐를 두고 평가하는 경우가 많더구나. 하지만 내 생각에는 만일 우리가 평가받아야 한다면 어떻게 살았느냐를 가지고 평가받아야 하지 않을까?

네 아버지는 훌륭한 사람이었고 훌륭한 삶을 살았어. 그러니 네 아버지가 어떻게 죽었는지에 대해 분노하느라 에너지를 낭비해서는 안 된다. 대신 네 아버지가 지녔던 삶의 자세를 기리도록 하면 좋겠구나. 그것이야말로 네 아버지의 유산이란다."

두 사람은 부드러운 산들바람에 나뭇잎이 바스락거리는 소리를 들으면서 늙은 사시나무 그늘 아래 조용히 앉아 있었다. 손자는 할아버지의 대단한 정신력에 경외심을 느끼고 있었다. 또 분노와 혼란의 시기에 자신에게 평화를 가져다준 말들에 대해서도 고마운 마음이 들었다.

"어떻게 감사드려야 할지 모르겠어요. 할아버지."

손자가 입을 열었다.

"언젠가는 저도 할아버지의 반만큼이라도 지혜로워질 수 있었으면 좋겠네요. 정말이지, 오늘 해 주신 말씀 전부 감사드립니다."

"내 할아버지는 내가 여행하는 동안 같은 말씀을 수도 없이 해 주셨단다. 그분은 간간이 지금 내가 너에게 하는 것처럼 세상에는 또 다른 할아버지가 있다는 사실을 일깨워 주곤 하셨지. 우리 부족 언어로 할아버지라는 단어는 다른 나라 사람들이 하느님이라고 부르는 '위대한 힘Great Power'이라는 뜻도 가지고 있단다. 내가 해 준 말들은 사실 그 '할아버지Grandfather'로부터 온 거야. 그분이 내게 마련해 주었고, 계속할 수 있도록 도와준 여행으로부터 나온 거니까. 내 인생이라는 여행이 내가 얻은 하찮은 지혜의 원천이란다.

그 할아버지는 어디에나 계시지. 너에게 도전해 오는 폭풍 속에도 계시고, 그것에 용감하게 맞서도록 하는 힘 속에도 계시지. 그분은 절망에 대항하는 희망의 속삭임이자 매일 아침 새로운 날을 맞이할 때 네 얼굴을 비춰 주는 햇빛이기도 하단다. 그분은 네가 승리할 때 함께 계시고, 네가 패배로 괴로워할 때에도 너를 품어 주시지. 네가 이 여행을 시작하기 위해 세상으로 나올 때 거기에 함께 계셨고, 네가 다음 여행을 위해 이 세상을 떠날 때에도 언제나 함께 계실 거란다."

다시 한 번 손자는 할아버지의 말씀을 가슴 깊이 새기면서 조용히 앉아 있었다. 이윽고 손자가 가만히 속삭였다.

"고마워요. 할아버지."

비록 잠깐일지 몰라도 손자는 산들바람이 어떻게 강해져서 사시나무 이파리들을 좀 더 소란스럽게 바스락거리도록 만들었는지 늘 기억하고 있을 터였다. 바스락거리는 나뭇잎들 사이로 나지막하면서도 힘찬 목소리가 경쾌한 리듬에 맞춰 무슨 말을 하고 있었다. 하지만 아직은 무슨 소리인지 분명하게 들리지 않았다.

"할아버지, 나뭇잎 사이에서 나는 목소리가 들리세요?"

손자가 물었다.

늙은 매가 미소를 지으면서 부드럽게 대답했다.

"물론이지."

"무슨 말을 하고 있는 건가요?"

"삶이 말하고 있는 거란다."

노인의 대답이었다.

"그냥 '그래도 계속 가라 Keep Going'고 말하고 있구나."

그래도 계속 가라.

그래도 계속 가라

초판 1쇄 발행   2021년 3월 10일

초판 3쇄 발행   2024년 11월 4일

지은이   조셉 M. 마셜

옮긴이   유향란

펴낸이   임태순

펴낸곳   도서출판 행북

출판등록   2018년 5월 17일 제2018-000087호

주소   경기도 고양시 일산서구 탄현로 136

전자우편   hang-book@naver.com

블로그   blog.naver.com/hang-book

전화   031-979-2826

팩스   0303-3442-2826

값   13,800원

ⓒ 2021, 조셉 M. 마셜

ISBN   979-11-964346-6-3   03800

- 잘못된 책은 바꿔드립니다
- 이 책의 전부 또는 일부 내용을 재사용하려면 사전에 저작권자와 도서출판 행북의 동의를 받아야 합니다.